백 살에는 되려나
균형 잡힌 마음

백 살에는 되려나
균형 잡힌 마음

100세 정신과 의사
할머니의 마음 처방전

다카하시 사치에 지음
정미애 옮김

바다출판사

저는 올해 11월이 되면 만 100세를 맞이합니다.

"장수하시네요"라는 인사를 들을 기회도 많아졌지요.
그럴 때마다 '내가 벌써 100년이나 살았구나' 하는 감개
무량한 기분과 함께 그동안 물심양면으로 도와주신 분들
께 감사한 마음이 듭니다.

제가 의사가 된 것은 서른세 살 때였습니다. 그 후 일본
은 고도의 경제 성장기를 맞이했고, 생활이 풍족해지면서
정신적으로 과민해지는 사람이 증가했습니다. 전 마흔아
홉 살에 가나가와 현 하다노 시에 정신건강의학과를 진료
과목으로 추가한 '하타노 병원'을 개원하고 원장으로 취

임했습니다. 현재는 의료법인사단 '신와카이'의 이사장을 맡아 병원뿐 아니라 환자들의 공동생활을 지원하는 시설도 운영하고 있습니다. 이를테면 정신과와 심료내과(정신신체의학을 바탕으로 한 전문과) 환자를 대상으로 한 재활치료, 취업 지원, 데이 케어day care 시설입니다. 환자를 진료실에서 만나는 것뿐 아니라 그들에게 좀 더 가까이 다가가고 싶어 시작한 활동입니다. 물론 시설 운영을 통해 저 또한 많은 걸 배우고 있습니다.

반세기 넘게 정신과 의사로 살면서 환자들에게 배운 것들이 많습니다. 그것이 보다 많은 사람들에게 인생의 힌트가 되기를 바라는 마음으로 이렇게 펜을 들었습니다. 인생의 힌트라고 해서 결코 어려운 내용은 아닙니다. 누구나 쉽게 실천할 수 있습니다. 이 책에서 소개하는 것들은 마음만 먹으면 얼마든지 실행에 옮길 수 있지만, 자칫 귀찮아지는 순간도 있을 것입니다. 그럴 때 저는 실행할지 말지 10초간 고민합니다. 그 순간 마음이 불안정하다면 10초 만에 결정을 내리기 힘듭니다. 따라서 평소 마음을 평온한 상태로 유지하는 일이 중요합니다.

자, 어떻게 하면 마음을 평온한 상태로 유지할 수 있을까요? 저는 지나치게 고민하지 않는 것이 중요하다고 봅니다. 그러기 위해서는 평소 자신의 '마음의 균형'을 파악해 둬야 합니다. 이 책을 통해 독자 여러분도 부디 자신에게 알맞은 균형을 찾기 바랍니다.

2016년 8월, 다카하시 사치에

인
생
의 균
형

인생이란 자신의
균형을 찾아가는 여행

누구에게나 균형이라는 것이 존재합니다.
그 균형은 사람에 따라 크게 달라집니다.
자신에게 적절한 균형을 하나하나 판단하고
파악해 가는 것이 바로 '삶'입니다.

균형이란 섬세하고도 까다로운 문제입니다. 더욱이 사람마다 미묘하게 달라지기 때문에 이중으로 복잡해지죠. 자신에게 적절한 균형을 알고 싶어도 본보기로 삼을 만한 건 존재하지 않고, 그렇다고 다른 사람을 흉내 내기도 힘듭니다. 하지만 자신의 중심축이 확고하다면 말과 행동이 일관성을 띠는 법입니다. 일단 균형을 파악할 수 있다면 고민거리는 사라지죠.

제가 평소 느끼는 균형의 복잡함에 대해 털어놓고자 합니다. 요즘은 일본인 두 사람 중 하나가 암으로 세상을 뜨는 시대입니다. 제가 젊었을 때는 치료법이 많지 않아서 '암은 곧 죽음'이라는 인상이 강했습니다. 그 때문인지 암 선고는 지금보다 민감한 문제였습니다. 동료 의사의 이야기에 따르면, 예전에는 환자 본인에게는 암을 알리지 않는 것이 상식이었습니다. 의사는 환자의 가족과 신중하게 상의하면서 환자 본인이 암이라는 사실을 어떻게 깨닫게 해야 하는지 고민했다고 합니다. 지금은 환자에게 자세히 설명하고 치료 방법을 결정합니다. 이는 암 치료법이 진보했다는 의미지요. 예전에 비하면 다행스러운 일이기도 합니다. 하지만 아무리 시대가 변하고 의료기술이 발달했다 해도 암 진단을 받으면 불안과 공포로 상당한 스트레스를 받는 게 사실입니다. 암 환자의 마음을 보살피는 일이 갈수록 중요해지고 있는 셈입니다.

"십 년간 항암치료를 받았는데 더 나빠지지도 더 좋아지지도 않아서 치료를 중단했어."

한 지인이 이런 이야기를 한 적이 있습니다. 전 암 치료 전문의는 아니지만 지인의 결단이 용기 있다고 생각했습니다. 충분히 고민한 끝에 내린 결정인 것 같아 암과 사이좋게 지내라는 말을 해 주었습니다. 무턱대고 저항하지 않는다면 암은 잠잠해질지도 모릅니다. 암과 사이좋게 살아가는 일은 환자 자신의 감정도 편안해지는 길입니다.

정신과 치료에서는 환자의 고통에 귀를 기울이는 일이 무엇보다 중요합니다. 이는 의학적으로 올바른 태도입니다. 하지만 실제로는 고통에 귀를 기울이는 것만으로는 부족합니다.

'마음의 균형을 아는 것만큼 어려운 일도 없다.'

100세를 맞이한 지금도 마음은 각양각색임을 통감합니다.

아름다운 것은
고통을 덜어 준다

불행의 소용돌이 속에 있을 때는
괴로운 일에만 눈이 가기 마련입니다.
그럴 때일수록 의식적으로 시점을 바꿔 보세요.
세상은 아직 당신이 본 적 없는 아름다움으로
넘쳐나고 있습니다.

I 씨라는 사십대 남성 환자가 있었습니다. 80킬로그램은 될 듯한 건장한 체격을 가진 그는 하타노 병원에 입원해 있으면서 직장을 다니는 생활을 수개월째 하고 있었죠. 어느 추운 날이었습니다. 병원 안에서 마주친 I 씨에게 "요즘 날이 계속 춥네요" 하고 말을 건네자 의외의 대답이 돌아왔습니다.

"괴로운 일들뿐이죠."

강인한 I 씨가 그런 말을 하다니 깜짝 놀랄 일이었습니다. 그에 따르면 병원에서 직장을 다니는 일로 동료들에게 싫은 소리를 들은 듯했습니다. 그는 "다들 날 무시한다"고 하소연했습니다. 그러나 병원에서 출근하는 아픈 사람에게 대놓고 비난하는 사람이 그리 많을 리는 없습니다. 더욱이 I 씨의 직장에서는 그의 병을 잘 이해해 주고 있다는 이야기를 들은 적도 있었죠. 저는 이런 말을 건넸습니다.

"I 씨를 무시하긴요. 하지만 그렇게 괴로운 일이 많다면 잠시 쉬는 건 어떠세요? 회사 전무님도 지난번에 I 씨를 칭찬하면서 앞으로도 계속 근무하길 바라시던걸요."

이 말을 듣고 I 씨는 기분이 나아졌는지 이튿날부터 다시 묵묵히 직장에 다니게 됐습니다.

저는 니가타에서 태어나 초등학생 때 다카다(지금의 조에쓰)라는 일본의 대표적인 대설 지대로 이사해 고등학교를 졸업할 때까지 그곳에서 자랐습니다. 어린 시절의 저에게 눈은 괴로움 그 자체였습니다. 눈이 무섭고 지긋지긋하다는 생각은 나이가 들어도 좀처럼 사그라지지 않았죠.

그런데 어느 날 아침, 하다노에 눈이 쌓였습니다. 어린 시절에 그토록 싫어했건만, 그 날의 눈 쌓인 풍경은 산뜻하고 청아해서 아름답기만 했습니다. 전 "스위스의 눈 덮인 산 같아!"라고 외치며 엉겁결에 밖에 나가 눈을 밟았습니다. 일상적이지 않은 눈의 아름다움이 괴롭기만 하던 기억을 마음 한구석으로 밀어낸 겁니다.

살면서 괴로운 일을 연거푸 겪으면 즐거움 따위를 느낄 겨를이 없습니다. I 씨도 그런 상태가 아니었을까요?

하지만 그러한 경우는 무언가를 계기로 갑자기 회복되

기도 합니다. 일상적이지 않거나 아름다운 것을 보면 마음의 풍경이 확 달라질 때도 있죠. 이 말을 꼭 기억해 두기 바랍니다.

타인을 지나치게 의식하면
결국 손해다

마음이 순수하고 주변을 배려하는 사람일수록
타인의 말 한마디에 쉽게 마음이 흔들립니다.
자신에게 적당한 선에서 흘려들으면 어떨까요?

저는 왼손잡이입니다. 덕분에 어릴 때부터 필요 이상으로 신경을 써야 했죠. 처음 젓가락을 쥐게 된 서너 살 무렵, 가족 이외의 사람들이 모이는 자리에 가면 "넌 왼손잡이구나"라는 말을 어김없이 듣곤 했습니다. 신기하게도 그렇게 한 사람이 눈치채면 나머지 사람들도 하나같이 "사치에는 왼손잡이였구나. 와!" 하는 반응을 보였습니다. 그 순간 몰려드는 창피함과 한심함, 서글픔이란.

속상하고 창피한 일이 반복되자 전 연습을 거듭한 끝에 젓가락과 펜을 오른손으로 쥘 수 있게 됐습니다. 하지만 그 외에는 여전히 왼손잡이였죠. 즐거운 일만 가득한 십대가 돼서도 저의 '왼손잡이 열등감'은 응어리진 채 남았습니다.

특히 괴로웠던 건 테니스나 탁구 같은 경기를 할 때였습니다. 언제나 상대에게 "어, 왼손으로 라켓을 잡네?"라는 소리를 들어야 했기에 누가 시합을 하자고 하면 할 줄 모른다고 거절하는 일이 많았습니다. 그런 탓에 운동의 즐거움을 맛볼 수 없었던 걸 생각하면 100세가 된 지금도 아쉽거니와 속 좁게 군 저 자신이 후회스럽기만 합니다.

삼십대에 접어들면서 인생을 어느 정도 알게 되고 조금은 뻔뻔하게 살아갈 수 있게 되었지만, 열등감은 여전히 사라지지 않았습니다. 어느덧 인사치레로 하는 말을 듣는 나이가 돼서야 저는 비로소 사람들의 겉치레뿐인 일면을 민감하게 알아챌 수 있었습니다. 어린 시절과는 달리 어느 정도 나이를 먹자 "왼손잡이시네요"라는 말 뒤에 "왼손잡이는 재주가 많다고 들었어요"와 같은 빈말을 덧붙였기 때문이죠. 그리고 그런 말을 하는 사람에게 딱히 다른 의도는 없음을 알게 된 뒤로는 왼손잡이 열등감이 거짓말처럼 사라졌고, 낯간지러운 말을 들어도 웃어넘기게 됐습니다.

이런 경험은 신경증으로 가는 과정과 통하는 부분이 있습니다. 타인이 저에게 지적한 '왼손잡이'라는 말에는 대개 별 뜻이 없으며, 대화를 원활하게 해 주는 경우가 대부분이었습니다. 하물며 악의나 얕보는 감정 따위는 전혀 없었죠. 남이 무심코 던진 말을 곧이곧대로 받아들였던

예전의 전 참 어렸구나 싶습니다. 좋게 말하면 순수했던
건지도 모릅니다.

이 이야기는 이런저런 콤플렉스를 안고 사는 사람들에
게도 해당할 것입니다. 만일 지금 여러분이 어떤 고민을
하고 있다면 이런 말을 전하고 싶습니다.

"남들이 별 뜻 없이 내뱉는 말은 무책임한 말이니 개의
치 마세요."

모든 불행은
남과 비교하면서 시작된다

자신과 주위 사람을 비교하려는 심리는
인간의 본능입니다.
하지만 남과 자신을 비교할 때는
자신감을 잃지 않는 선에서 끝내야 합니다.
이렇게 말하는 저 자신도 여전히
그 적당한 균형점을 찾고 있습니다.

사람은 누구나 자신과 남을 비교하며 살아갑니다. 주위를 살피긴 해야겠지만 과연 어느 정도까지 자신의 궤도를 수정해 가야 할까요? 이 문제는 매우 중요합니다. 죽는 날까지 그 균형감각을 갈고닦아야 하니까요.

지나치게 남과 비교하는 자세도 문제지만 반대로 남을 일절 신경 쓰지 않는 자세도 문제입니다. 저는 정신과 의사로서 이런 점을 머리로는 잘 알고 있지만, 아직 덜 여문 탓에 균형이 크게 어긋난 적도 있습니다.

30년 전의 일입니다. 의사이자 연구자의 길을 걷고 있는 친구 T가 최근에 연구서를 하나 출간했다며 근사한 책을 선물한 적이 있습니다. T는 매일 외래 진료를 보는 와중에 집필 활동까지 하고 있던 것이죠. 저는 예전부터 T가 얼마나 바쁜지 익히 알고 있던 터라 '어떻게 책을 쓸 시간이 다 있었을까?' 하고 충격을 받았습니다.

공교롭게도 마침 하타노 병원 회보에 실릴 원고 마감을 앞두고 있을 때였습니다. 회보 발행은 몇 년간 그럭저럭 지속하고 있는 활동입니다. 그렇지 않아도 저는 글쓰기

속도가 더딥니다. 진도가 안 나가서 조급하던 시기에 하필 T에게 책을 받아 글쓰기에 더욱 자신감을 잃고 말았죠. 뭘 주제로 써야 할지조차 막막한 슬럼프에 빠진 상황이었습니다.

제 마음을 잘 들여다보니 하루에도 몇 번씩 T의 재능과 노력에 감탄하고 있었습니다.

'안 그래도 바쁜 T는 두꺼운 연구서까지 쓰고 있는데, 난 병원 회보에 실릴 짧은 원고조차 못 쓰다니……'

이때 전 '열등감에서 비롯한 자신감 상실'에 해당하는 우울증이라고 자가진단을 내렸습니다. 하지만 그 정도가 상당히 가벼워서 우울증 직전의 '우울상태'에 가까웠죠. 이러한 우울함에서 벗어나기 위해서는 내가 할 수 있는 일을 하나하나 착실하게 해 나가며 자신감을 회복하는 수밖에 없습니다. 이를테면 청소나 빨래를 하거나 밥상을 차리며 "나도 하면 할 수 있어!" 하고 낮은 눈높이에서 자신을 긍정하는 게 중요합니다. 만일 이때 '난 누구보다 못난 사람'이라고 자포자기해 버리면 옴짝달싹도 하기 싫어집니다. 실제로 진료실에서 그런 환자들을 자주 봅니다.

다른 사람과 자신을 자꾸 비교하게 될 때는 손을 움직여 보세요. 그리고 자신이 손쉽게 할 수 있는 일에 몰두해 보세요.

집착이 지나치면
진짜 필요한 걸 놓친다

어제까지는 흑색이었던 것이 하룻밤 새
백색으로 뒤바뀌는 경우가 있습니다.
우리가 사는 세상에서는 부조리한 일이 예사로 일어나죠.
과거에 너무 집착하지 말고 현재를 소중히 여기며
살아가는 건 어떨까요?

저는 정신과를 병설한 하타노 병원을 무려 50년 동안 운영해 왔습니다. 그 세월은 아득하리만치 긴 시간이었죠. 거기서 얻은 교훈을 이야기하고자 합니다. 바로 '절대적인 건 없다'는 사실입니다.

인간이 살아간다 함은 시대를 따르는 일입니다. 그 때문에 특정한 것에 집착하면 피곤해지죠. 가능한 한 유연하게 대응해 가는 자세가 중요합니다.

병원은 의료기관 중에서도 공적 규제가 많아 간섭이 무척 심한 곳입니다. 운영하는 쪽에서는 나름의 이상과 이념에 따라 최고의 의료 서비스를 제공하고 싶지만 우선 '규칙'을 지켜야 합니다. 사실 규칙을 지키는 일만으로도 상당한 노력이 필요한데, 문제는 그 규칙이 시대에 따라 180도 달라지기도 한다는 점입니다.

우리가 개원했을 당시에는 '중증 정신질환 환자에게 최고의 치료는 격리'라는 통념이 있었습니다. 그 때문에 병동을 폐쇄적 구조로 만들어 환자를 철저하게 격리하는 형태가 일반적이었죠. 그래서 환자가 도망가는 사건이 빈

번했습니다. 도주한 환자를 찾는 일이 우리의 주요 업무이기도 했습니다. 물론 환자가 도망치고 싶다는 심정에 내몰리지 않도록 긴밀히 보살피는 일도 중요한 과제였습니다.

세월이 흘러 항정신성 의약품 연구 개발이 급격하게 이루어지면서 약으로 증상이 개선되는 경우가 많아졌고, 기존의 치료 방식도 크게 달라졌습니다. 국가에서는 '정신과 병동을 더 개방해야 한다' '장기 입원은 불필요하다' '입원보다는 통원 치료'라는 방침을 내세웠고, 우리 병원도 따라야 했습니다.

이처럼 방침이 크게 바뀌면 현장에서는 적잖은 영향을 받습니다. 원래 입원 치료를 받아야 하는 환자가 통원 치료로 바꾸면서 사고가 일어나기도 합니다. 이러한 문제들을 겪으면서 절대적인 정답은 없다는 생각이 들었습니다. 또 이제까지 옳다고 생각해 실천하던 일이 돌연 '옳지 않다'는 낙인이 찍혀 방향을 전환해야 할 때는 그 스트레스가 이루 말할 수 없이 큽니다.

스트레스로부터 마음을 보호하기 위해서는 너무 집착하지 않는 자세가 중요합니다. 저에게는 병원을 계속 운영하는 것이 인생에서 가장 중요한 목적이었기에 규제가 어떻게 바뀌든 따라야 했습니다. 병원 경영이 불가능해지는 건 그 어떤 일보다도 괴로웠기 때문이죠.

무언가에 자꾸 집착하는 사람은 '내가 가장 먼저 이루어야 할 목적이 과연 이것뿐일까?' 하고 재확인해 보기 바랍니다. '그걸 위해서 이건 미련 없이 포기하자' 하고 말끔히 털어 낼 수 있을 것입니다.

내가 해야 할 일은
끝까지 해낸다는 각오

모든 사람은 저마다 다른 '역할'을 부여받고 살아갑니다.
자신에게 주어진 역할을 자각하고
하루하루 최선을 다하는 일이야말로
더 좋은 삶으로 이어집니다.

"100세가 되셨는데도 어쩜 그렇게 지칠 줄을 모르세요?"

사람들은 제게 이런 질문을 자주 던집니다. 그건 필시 제 일을 '사명'이라 여기기 때문이리라 생각합니다. 저는 오로지 의사라는 길을 우직하게 걸어왔습니다. 의사가 되기로 한 계기는 다소 늦은 편이었지만, 이 길로 들어선 뒤에는 한눈팔지 않고 매진해 왔습니다. 원래 장사 수완이 있어서 경영을 잘하는 거라고 치켜세우는 사람도 있지만 사실 그동안 우여곡절도 많았습니다. 타고난 머리가 좋아서 의사가 된 것도 결코 아닙니다. 자, 여기서 저라는 사람의 인생을 한번 살펴보겠습니다.

저는 니가타 현립 다카다 여자고등학교를 졸업한 뒤 도쿄로 가서 일하는 여성을 꿈꿨습니다. 운 좋게도 작은아버지가 해군성에서 계셨고 그 연줄로 타자수 자리를 얻었죠.

얼마 뒤 중국 칭다오로 건너가지 않겠느냐는 뜻밖의 제안을 받았습니다. 호기심이 왕성했던 전 꼭 도전해 보고 싶은 마음에 칭다오행을 결심했습니다. 그 뒤 칭다오의 집 근처에 교회가 있어 같이 살던 여동생 요시에와 함께 다니기 시작했습니다. 거기서 우연히 일본인 목사 시미즈 야스조를 만나 제 인생은 큰 전환점을 맞이합니다.

시미즈 목사는 당시 베이징에서 가난한 아이들을 위한 교육과 자선 활동을 펼치고 있었습니다. 포교 활동을 위해 이따금 칭다오를 방문한다는 시미즈 목사의 이야기에 큰 감명을 받은 전 베이징으로 가겠다고 지원했고, 시미즈 목사의 비서 업무를 맡게 됐습니다.

그런데 어느 날 갑자기 시미즈 목사가 저에게 의사가 되면 어떻겠느냐는 말을 꺼냈습니다. 베이징에는 의사가 부족한 실정이었고, 그러한 사정을 잘 알고 있었던 전 의사의 길을 가기로 결심했습니다. 당시 전 스물일곱 살이었지만 열심히 시험 준비를 한 끝에 후쿠시마 현립 여자 의학전문학교에 합격했습니다. 그 뒤 국가시험에도 합격해 의사 면허를 취득했죠. 요즘 시대에도 스물일곱에 의사가 되겠다는 목표를 세워 성취하는 사람은 많지 않으리라 봅니다. 하지만 전 그런 상식에 얽매이지 않았습니다.

시미즈 목사의 말을 '기회'로 받아들였기 때문이죠. 그리고 그 부단한 노력이 빛을 발해 약 10대 1의 경쟁률을 뚫고 전문학교에 입학했습니다.

이처럼 저는 의사로서는 늦은 나이에 출발선에 섰습니다. 하지만 작은 진료소로 시작해 병상 100개가 넘는 병원을 운영하기에 이르렀습니다. 힘들 때도 해야 할 일을 차곡차곡 성실히 해 온 결과라고 생각합니다.

누구나 자신이 해야 할 일이 있습니다. 대단한 일이 아니어도 상관없습니다. 강아지와 산책하거나 요리하는 것도 좋습니다. 그것을 발견해 하루하루 우직하게 해 나가 보세요.

누구나 첫걸음이
두려울 뿐

'첫걸음'이라는 표현이 있습니다.
전 실제로 이 첫걸음이 얼마나 중요한지
몸소 실감한 적이 있습니다.
이때다 싶은 중요한 순간에 용기를 한가득
충전할 수 있다면 얼마나 좋을까요?

이제 와서 되돌아보면 참 오랜 세월을 살아왔구나 싶습니다. 아흔이 지나서야 실감한 인생의 법칙이 있습니다. 첫걸음만 내딛을 수 있으면 그다음은 흐름에 몸을 맡기면 된다는 사실입니다. 책을 읽더라도 '무슨 일이든 첫걸음만 내딛을 수 있다면 그다음은 순조롭다'는 글을 종종 발견합니다. 이 첫걸음이란 비유적으로 쓰인 말일 것입니다. 그런데 실제로 전 제 발로 첫걸음을 내딛어 순조롭게 풀린 적이 있습니다.

우리 집은 병원과 인접한 건물 3층에 있습니다. 그런데 아흔두 살 때 베란다에서 거실로 들어가려다 문지방에 걸려 넘어지면서 대퇴골이 골절되는 부상을 입고 말았습니다. 수술한 다음 날부터 재활치료를 시작한 덕분에 한 달이 채 안 돼 평평한 곳은 걸을 수 있을 만큼 회복되었죠.

그런데 그제야 제가 계단을 전혀 올라가지 못한다는 사실을 깨달았습니다. 우리 집은 3층에 있어 계단 51개를 올라가야 집 안에 들어갈 수 있는 구조입니다. 승강기도 없죠. 즉, 계단을 오르내릴 수 없는 한 병원에 가는 일도 불가능합니다. 정말 어떻게 해야 할지 눈앞이 캄캄했습니다. 얼마 전까지만 해도 그냥 뚜벅뚜벅 다니던 계단인데, 수술을 끝내고 그 앞에 서 보니 불안과 공포가 엄습해 왔습니다.

본디 전 어떠한 역경과 고난이 닥쳐도 "한번 해보자!" 하고 낙관적으로 받아들이는 편입니다. 하지만 이때만큼은 온갖 위험이 머리를 스치면서 너무 두려운 나머지 난간을 잡은 손에서 땀이 났습니다. 하지만 난간을 붙잡은 채 마냥 그 자리에 서 있을 수도 없는 노릇. '계단을 못 올라가면 집에도 못 가는 거야. 힘내자'라고 생각하며 마음속에 '에잇' 하고 기운을 불어 넣었습니다. 그러자 오른발을 첫 번째 계단 위에 올릴 수 있었습니다.

몸이 살짝 허공에 뜨더니 중심이 저절로 지면에서 계단으로 옮겨 갔습니다. 그러자 신기하게도 왼발이 자동으로 반응하며 두 번째 계단도 오를 수 있었죠. 그렇게 세 번째, 네 번째, 다섯 번째⋯⋯. 마치 슬로모션처럼 제 몸이 천천히 계단을 오르기 시작했습니다. 처음 첫걸음만 내딛을 수 있다면 그다음은 순조로이 흘러간다는 걸 제 몸으로 직접 체험한 겁니다. 지금 생각해 봐도 정말 신기한 경험이었습니다.

저는 딱히 신을 믿지는 않습니다. 하지만 이 순간만큼은 눈에 보이지 않는 커다란 힘이 제 등을 떠밀어 주는 듯한 느낌이 들었습니다. 이러한 행운이 꼭 저에게만 찾아오는 건 아닐 것입니다. 첫걸음을 내딛으려 하는 모든 사람에게 등을 떠밀어 주는 신과 같은 존재가 있는 건 아닐까요? 이 일을 떠올리면 저도 모르게 이런 몽상에 빠집니다.

어두운 터널 안에서는
자신을 믿어라

인생에 오르막이 있으면 내리막도 있는 법.
괴롭고 힘들 때는 지금이 터널 안이라고 생각해 보세요.
긍정적인 생각으로 마음이 채워지도록
스스로 마음의 균형을 잡을 줄 아는 사람이 됩시다.

몇 년 전에 우울증 치료를 끝내고 퇴원한 K 씨가 경과 관찰을 위해 병원을 찾았습니다. 오랜만에 만난 그는 예전과는 전혀 다른 사람처럼 표정이 밝았죠.

"길고 긴 우울증의 시기를 제가 빠져나왔구나 하는 생각이 요즘 자주 들어요. 선생님, 우울증만큼 괴로운 것도 없잖아요. 상태가 심할 때는 죽을 만큼 힘들었어요. 마음의 병은 피가 나는 것도 아니고 상처도 잘 보이지 않아서 얼마나 아픈지 표현하기가 쉽지 않아요. 정말 그 고통은 이루 말할 수 없었죠. 이런 말을 하면 화내실지 모르겠지만 우울증만 낫는다면 내 팔다리를 신께 바쳐도 좋다는 생각이 몇 번이나 들었는지 몰라요. 그걸로 부족하다면 눈이 보이지 않아도 좋다는 생각까지 한 적도 있는걸요."

K 씨의 말에 저는 머리를 한 대 맞은 듯한 충격을 받았습니다. 우울증만 낫는다면 팔다리도 필요 없다니, 그렇게까지 내몰린 K 씨의 고통을 상상하자 왈칵 눈물이 쏟아질 것 같았습니다.

저에게는 입버릇처럼 하는 말이 있습니다.

"그 심정은 잘 알지만……"

K 씨에게도 이 말을 한 적이 있을지 모르겠습니다. '극심한 고통을 겪던 K 씨의 심정을 내가 정말 이해했을까?' 라는 생각이 들자 전 그만 저 자신을 책망할 수밖에 없었습니다.

K 씨는 퇴원 후 오랜 시간이 지나서야 길고 긴 우울증의 시기를 빠져나왔다고 돌이켜 볼 수 있었습니다. 입원 당시 K 씨는 밝은 미래를 그리기 힘들었을 것입니다. 병원 직원들의 도움이나 치료제 같은 의료기술도 희망을 줄 수 없기는 마찬가지였습니다.

하지만 K 씨는 그 뒤 회복했고 퇴원 후 다시 일자리도 얻었습니다. 새로운 직장에서 지각이나 결근을 단 한 번도 하지 않았다는 그는 "공장 일이 재밌기도 하고 동료들도 모두 좋은 사람이어서 직장에 나가는 게 즐거워요." 하고는 웃음을 지었습니다. 그 웃는 얼굴을 보고 있으니 사람은 누구나 스스로 터널을 빠져나올 수 있는 힘이 있다는 걸 절감했습니다.

끝이 안 보이는 듯한 고통스러운 시기도 언젠가 끝나기 마련입니다. 그 시기를 지나면 밝고 즐거운 시기가 찾아오죠. 그것이 인생의 법칙입니다. 물론 고통에 빠져 있을 때는 좀처럼 희망을 품기 힘듭니다. 하지만 괴로울 때일수록 희망을 가져야 합니다. 물론 터널 안에 있는 동안에는 누구나 힘들고 괴롭습니다. 그러니 평소 터널 밖의 밝은 풍경을 상상하는 힘을 단련해 두면 어떨까요?

부정적인 감정
다스리기

노화, 질병, 죽음이 두렵지 않은 사람은 없습니다.
이렇게 생각하면 불안감이 한결 누그러지지 않나요?

나이가 들수록 사람들이 저의 생사관을 묻는 경우가 많습니다. 막힘없이 술술 대답하면 좋겠지만 죽음에 대해서는 아직 잘 모르겠습니다. 실제로 저세상을 보고 온 적도 없으니까요. 딱히 신앙이 있는 것도 아닙니다. 부끄럽지만 저의 생사관은 사실 몸 상태에 따라 변덕을 부립니다. 몸이 건강할 때는 "나이야 먹을 만큼 먹었으니 죽어도 괜찮아"하고 씩씩하게 말합니다. 그런데 "장수 같은 거 안 하면 어때? 죽는 건 하나도 안 무서워"라고 하면서도 혈압약은 꼬박꼬박 챙겨 먹으니 참 모순입니다.

될 수 있으면 죽음은 멀리하고 싶다는 마음이 제 무의식 속에 강하게 자리하고 있는가 봅니다. 특히 건강이 안 좋을 때 삶에 강한 집착을 하고 있다는 걸 실감합니다. 감기에 걸리거나 열이 있으면 '괜찮을까?' 하고 불안해지죠. 나이를 먹을수록 이러한 시간은 늘기 마련입니다. 그리고 인생이란 불안과 공생하는 것임을 절감합니다.

저는 불안이 스멀스멀 기어 나올 때 마치 이것이 살아 있는 것처럼 느껴집니다. 그리고 이 감정을 잘 길들일 수 있으면 좋겠다는 생각을 합니다.

'생로병사'라는 말이 있습니다. 불교에서 태어나고, 늙고, 병들고, 죽는다는 네 가지 고통을 가리키는 말인데, 특히 노화, 질병, 죽음에 대한 불안은 중노년 이후에는 상당히 큰 문제입니다. 불안에 시달리지 않기 위해서는 그것을 뛰어넘는 '삶의 기쁨'을 느끼는 것이 가장 손쉬운 방법입니다.

삶의 기쁨이란 대체 무엇일까요? 이것은 누군가에게 받기를 기다리는 것이 아니라 스스로 적극적으로 발견하는 것입니다.

예컨대 식물이나 동물과 대화를 나누며 될 수 있는 대로 자연과 가까운 삶을 사는 것.

거기서 나도 자연의 일부임을 느끼는 것.

친구와 보내는 시간을 소중히 여기는 것.

거기서 나를 알아주는 친구가 있다고 느끼는 것.

다시 말해 '난 혼자가 아니다'라고 느낄 때 살아가는 기쁨이 마구 샘솟습니다. 그리고 이 기쁨은 노화, 질병, 죽음

을 향한 불안 따위를 훨씬 능가합니다. 그러니 부정적인
감정을 잘 다스릴 수 있는 마음의 균형이란 무얼지 생각
해 봅시다.

생
활
의   균
형

낯선 것에
눈길을 돌려라

흥미의 범위가 좁아지는 건
마음의 노화가 나타난다는 징후.
의식적으로 시야를 넓히고 사고방식을
바꾸도록 노력해 봅시다.
나이와 상관없이 새로운 일,
처음 하는 일에 도전해 보세요.

어느 나이대를 지날 무렵부터 주위에서 건강법과 마음 가짐에 대해 많이 묻습니다. 가장 자주 듣는 질문은 다음과 같습니다. "선생님의 젊음의 비결은 뭔가요?"

요즘 '안티에이징'이라는 말이 유행하면서 몸과 마음의 젊음을 유지하는 방법에 다들 관심이 이만저만 아닌 듯합니다. 유감스럽게도 저는 젊어지고 싶다는 목표로 생활한 적도 없거니와 딱히 비결이라 할 만한 것도 가지고 있지 않습니다. 굳이 말하자면 "이런저런 일을 하다 보면 하루하루가 즐거워요" 정도일까요?

일상의 소소한 일들을 가능한 한 남에게 의지하지 않고 스스로 해낸다는 계획을 세우세요. 이를 실천해 보면 일상이 갑자기 바빠집니다. 예컨대 손이 가장 많이 가는 일을 꼽자면 요리입니다. 저는 하루 세끼를 직접 차려 먹습니다. 일주일에 한 번씩 조카가 집 근처 마트까지 차로 데려다줄 때 한꺼번에 장을 봐 오죠. 물론 거창한 요리를 하는 건 아닙니다. 그냥 제가 좋아하는 음식인데, 아무래도 세끼를 직접 만들어 먹으려면 계획을 잘 짜야 합니다. 부산스럽지만 즐겁기도 하죠. 이런 분주한 작업들 덕분에 뇌는 풀가동 상태입니다. 일상에서 간단히 실천할 수 있는 최고의 뇌 훈련이라고 할까요. 손과 머리를 움직이면 잡념이 사라집니다. 정신과 치료의 하나인 '작업 요법'에 가깝습니다. 고민한다고 해결될 일도 아닌데 온종일 생각이 머릿속에 맴돈다면 밥상을 정성껏 차려 보세요. 생활에 의욕이 생겨 걱정하는 순간이 줄어듭니다. 사람은 시간이 남아돌면 잡념이 많아지기 마련입니다. 고민이 있다는 건 바꿔 말해 고민할 만큼 시간이 많다는 의미입니다.

또 머리와 마음을 젊게 유지하고 싶다면 낯선 것에 눈길을 돌려 보세요. 나이와 상관없이 새로운 일, 처음 하는 일에 도전하는 것이죠. 개인적으로 추천하고 싶은 것 중 하나는 '새로운 가전제품 접하기'입니다. 가전제품의 초기 설정을 혼자 힘으로 해 보는 겁니다. 취급설명서를 자세히 읽은 뒤 조작해 봅시다. 단, 중간에 다른 사람에게 의지하지 않아야 합니다. 이 또한 상당히 좋은 뇌 훈련입니다. 그 밖에 좋아하는 취미 생활에 몰두하는 것도 중요합니다. 이 부분에 대해서는 나중에 더 이야기하기로 하겠습니다.

나이가 들수록 '난 이제 이것밖에 못 해' '힘드니까 그 것은 그만두자'라는 생각이 드는 건 자연스러운 일입니다. 하지만 그에 무조건 순응하기보다는 다양한 영역에 관심을 가지려는 자세가 중요합니다. 물론 실패할 수도 있지만, 그러면 좀 어떤가요?

자신의 관심거리나 하고 싶은 일의 범위를 넓혀 가면 가슴 설레는 순간이 부쩍 늘어납니다. 이러한 순간을 하나하나 쌓아 가는 것이 제 나름의 안티에이징 비결 아닐까요? 두근두근 설레는 감정은 마음을 젊게 만드니까요.

취미의 발견

젊을 때부터 꾸준히 해 온 것.
이렇게 말할 수 있는 취미는 인생에서 소중합니다.
한편으로 인생의 연륜을 쌓은 뒤에야
발견한 취미 또한 어찌나 사랑스러운지.

살아가면서 취미가 있다는 건 무척 중요한 일입니다. 시간 가는 줄 모르고 집중할 수 있고 평가나 보상에 상관없이 열심히 할 수 있으니까요. 그런 취미를 만났다는 사실만으로도 행복하기 그지없습니다. 때로는 반론을 제기하는 사람도 있습니다.

"선생님, 제 나이가 벌써 이렇습니다. 이제 와서 새로운 취미를 시작하긴 힘들어요."

그럴 때마다 전 제 경험담을 꺼내며 상대를 설득합니다. 저는 여든 살 때부터 수채화를 배우기 시작했고, 아흔 살에는 '스도쿠'라는 숫자 퍼즐 게임을 취미로 시작했습니다. 사람들은 특히 수채화를 꾸준히 그리고 있다는 사실에 관심을 보였습니다. 그림 감상을 좋아하기도 하고 한 번 제대로 배워 보자는 마음에 수채화 통신교육을 신청했죠. 통신교육에서는 그림을 그려 과제로 제출하면 첨삭 지도를 해 줍니다. 거기에 단 한마디라도 칭찬하는 말이 있으면 "또 그려 보자!" 하고 의욕이 샘솟았습니다. 자신감이 붙은 전 문화센터의 그림 교실까지 다니기 시작했습니다. 한 달에 두 번, 거의 개근을 하며 아흔둘에 골절상을 입기 전까지 다녔죠.

이처럼 조언해 줄 스승이나 서로 격려해 줄 친구가 있으면 취미 생활을 꾸준히 해 나가는 데 큰 힘이 됩니다. 통신교육 지도 선생님은 얼굴은 물론 이름조차 모르는 분이었습니다. 그래도 '내가 그린 작품을 정성껏 첨삭해 주는 사람이 있다'는 생각만으로도 노력한 보람을 느낄 수 있었죠.

마음이란 참 신비롭습니다. 설령 잘 모르는 사람일지라도 날 격려해 준다는 확신이 들면 혼자일 때보다 큰 힘을 발휘할 수 있으니 말입니다. 저에게 수채화를 그린다는 건 대상물을 응시하는 것과 같은 의미입니다. 꽃을 정확히 그리기 위해서는 꽃을 잘 관찰해야 합니다. 꽃을 볼 때마다 '꽃잎은 이런 형태였구나' 하고 새로운 발견을 하죠. 조금씩 모습이 달라지는 식물의 생명력에 감동하기도 합니다. 이 취미를 통해 그림을 완성할 뿐 아니라 꽃에게 많은 선물을 받는 셈입니다. 같이 그림을 그리는 친구가 언젠가 이런 말을 하더군요.

"아름다운 걸 보면 뇌 어딘가가 자극을 받나 봐. 그림을 그릴 때 뇌에서 쾌감 물질이 나오는 기분이 들어."

저 역시 그런 기분입니다. 그래서 수채화라는 취미에 정말 고마운 마음이 듭니다. 여러분도 부디 자신에게 맞는 취미를 발견하기 바랍니다.

꿈은 마음껏 꾸자

장수 비결 중 하나가 끊임없는 도전입니다.

도전을 하기 위해서는 가장 먼저 '꿈'이 있어야 합니다.

놀랄지도 모르겠지만 저에게도 꿈이 있습니다.

인간은 나이와 상관없이 도전 정신이 필요합니다. 저는 아흔여덟 살 때 처음으로 즉석 볶음우동, 이른바 인스턴트 컵 우동 먹기에 도전했습니다. 의외로 맛있어서 깜짝 놀란 기억이 있죠. 또 제가 술을 본격적으로 즐기기 시작한 시기는 여든이 넘어서부터입니다. 팔십대가 되자 하던 일이 어느 정도 정리되고 마음에 여유가 생기면서 '저녁 반주를 즐겨 볼까?' 하는 생각이 들었고, 마침 그때 떠난 유럽 여행에서 시작했습니다.

유럽에서는 저녁을 먹을 때 대개 와인을 곁들입니다. 그래서 모처럼 기분도 낼 겸 도전한 뒤로 술의 매력에 눈뜨고 말았죠. 보통 팔십대 하면 '이제 나이 생각해서 술 좀 끊어야지' 하고 인식하는 시기입니다. 그런 나이에 술의 세계에 발을 들여놓다니, 저도 참 별나다 싶습니다. 하지만 늘 주량은 지킵니다.

도전하는 것이 왜 좋을까요? 도전을 통해 호기심이 샘솟고 감정이 좋은 방향으로 움직입니다. 이러한 변화는 마음에 상당히 긍정적으로 작용하죠. 반대로 말하면 도전을 포기하는 순간 마음의 움직임은 둔해집니다. 도전이 실패로 끝난다 해도 전혀 상관없습니다. 창피하거나 한심하다고 느낄 수 있겠지만 여러분의 실패를 비웃을 사람은 아무도 없습니다. 도전한 것 자체로 마음에 영양분을 주었다고 생각하세요.

물론 저에게도 앞으로 도전해 보고 싶은 꿈이 있습니다. 바로 '양로원'을 세우는 일입니다. 운영하는 쪽에서 입소자들을 과하게 보살피지 않는 것이 그 양로원의 이념입니다. 불편함도 생기겠지만 다양한 장점도 기대할 수 있습니다. 먼저 입소자들이 '무엇이든 스스로 한다'는 용기가 생긴다는 것이 가장 큰 장점입니다. 남의 도움에만 의지하면 폐용증후군(몸을 너무 쓰지 않아 심신의 기능이 저하되는 상태)이 생겨 순식간에 자리보전하는 신세가 됩니다. 다음으로 양로원 내에서 '서로 돕는다'는 정신적 토양이 다져집니다. 서로 돕는 것이 일상화된 환경에서는 살아 있어서 행복하다는 보람이 무럭무럭 자라나죠.

사람은 이처럼 꿈을 그리기만 해도 말이 술술 나오고

가슴이 설렙니다. 일상에서 절로 의욕이 생기게 하는 꿈.

실현 가능성은 제쳐 두고 먼저 커다란 꿈을 가져 봅시다.

만사가 잘 풀리는
'아침 의식'

늘 반복되는 단조로운 '틀'이
생활의 리듬을 잡아 주기도 합니다.
반대로 이 틀이 없으면 하루의 리듬이 깨지기 쉽죠.
아침에는 최대한 집중력을 발휘해 행동해 봅시다.

더 좋은 인생은 더 좋은 하루하루가 쌓여서 이뤄집니다. 그렇다면 어떻게 해야 매일 충실하게 살아갈 수 있을까요? 하루를 알차게 보내는 방법은 사실 간단합니다. 아침을 가능한 한 의식적으로 보내면 됩니다. 의식儀式, 즉해야 할 일을 미리 정해 놓고 완수하는 걸 뜻합니다. 의식이라고 해서 결코 거창한 게 아닙니다. 지극히 일반적인생활 습관이죠.

몸 상태가 심하게 안 좋을 때를 제외하고는 이 의식을실천해 보세요. 심신이 활발해지면서 그날 하루의 리듬이원활해집니다. 아침 의식은 다음과 같습니다.

의식1   매일 정시에 일어나기

의식2   이부자리 안에서 그날의 계획이나 즐거운 일
        떠올리기

의식3   온몸에 아침 햇살 쬐기

의식4   신문 읽기

의식5   간단하게라도 아침 먹기

의식6　옷차림 단정히 하기

의식7　심호흡하기

　물론 매일 실천하지 않아도 상관없습니다. 휴일에는 마음 가는 대로 느긋하게 보내는 것도 중요하니까요. '오늘은 별다른 일정이 없으니 잠이나 실컷 자야지' '아침은 거르고 점심을 든든히 먹을까?' '오늘은 신문을 좀 찬찬히 읽어야겠어'라고 생각해도 좋습니다.

　자, 그럼 평소 저의 아침 일상을 한번 소개해 보겠습니다. 어디까지나 참고로 삼아 주세요.

　매일 아침 5시 40분에 기상.

　진료가 있는 날에는 그날의 일정을 머릿속에서 쭉 훑습니다.

　저녁은 뭘 먹을까 생각해 보니 냉장고 안에 있는 채소가 언뜻 머리를 스칩니다.

　커튼을 열고 아침 햇살을 쬡니다(겨울에는 아직 어두울 때도 있습니다).

그리고 아침상을 차립니다.

아침 식사는 매일 똑같은 메뉴입니다. 과일주스와 요구르트 그리고 빵 하나. 늘 같은 메뉴라서 장을 보거나 상을 차릴 때 고민할 일이 없죠.

다음은 몸을 치장한 뒤 하얀 가운을 입습니다. 가운을 입는 순간 마음은 완전히 일하는 자세로 바뀝니다. 자택 계단을 내려온 뒤 심호흡을 하고 뒤쪽에 우뚝 솟아 있는 단자와 산지와 후지산을 바라봅니다.

저의 경우 병원에 정시까지 출근한다는 일정이 정해져 있기 때문에 출근 시간에 맞춰 부지런히 움직여야 하는 면도 있습니다. 만일 매일 일정하게 다니는 곳이 없다면 자신만의 규칙을 정해서 행동하면 좋습니다.

아침부터 부지런히 움직이면 저녁 무렵에는 기분 좋은 피로를 느껴 밤에 푹 잘 수 있습니다. 아침 의식이 숙면에도 영향을 주는 셈입니다.

마음이 움직이는 순간을
많이 만들어라

사람의 몸은 사용하지 않으면 퇴화합니다.
마음 역시 사용하지 않으면 녹슬고 말죠.
마음이 움직이는 순간을 많이 만들어 보세요.

'TV의 효능'이라고 말하면 의아해할지도 모르겠습니다. 나이가 지긋한 사람들 중에는 TV가 저속하다고 여기는 사람도 적지 않죠. 물론 일부 예능 프로그램을 보면 눈살이 찌푸려지기도 하는 것이 사실입니다. 그러나 시청할 프로그램을 잘 선별하고 적당히 절제할 줄 안다면 인생의 장년기를 함께할 좋은 친구가 될 수 있습니다.

저는 스포츠 방송을 무척 좋아합니다. 야구나 테니스, 축구 경기 중계가 있으면 TV 앞에서 손에 땀을 쥐며 끝까지 관전하죠. "지금 움직임은 좋았어!" "됐어!" 하고 혼잣말도 잘 합니다. 이처럼 혼잣말이 튀어나올 정도로 정신활동이 활발해지고 가슴이 두근거리는 TV 시청은 건강에 상당히 유익합니다.

TV는 현실이 아니라 가상화된 것이라고 하는 사람도 있습니다만, 그렇다고 해도 마음이 움직이는 순간은 많은 편이 좋습니다. 특히 나이가 들어 혼자 살게 되면 무언가에 관심을 가지고 감동할 일이 부쩍 줄기 쉽습니다. 사람의 몸에는 '사용하지 않으면 퇴화한다'는 대원칙이 있는

데 마음 역시 사용하지 않으면 녹슬고 맙니다.

저는 TV를 켜 두기만 해도 사람의 온기를 느낄 때가 많습니다. TV에서 들려오는 목소리에 저도 모르게 '그래, 맞아' 하고 공감하기도 하고 '어머, 저걸 어째!' 하고 놀라기도 하죠. 사람과 실제로 대화를 나누는 것과 다르지 않은 기분이 들 때도 있습니다.

이처럼 TV는 인생에서 하나의 위안과 즐거움이 됩니다. 그리고 '알고자 하는 욕구'와 '잘 살고자 하는 욕구'를 자극하기도 하죠. TV가 주는 긍정적인 메시지를 잘 이용해 마음을 움직여 봅시다. 이는 치매 예방으로도 이어집니다.

TV의 좋은 점은 보는 사람이 주도권을 잡는다는 점입니다. 좋아하는 방송만 골라서 보면 됩니다. 전 보도방송은 좋아하지만 이상하게 퀴즈 프로그램에는 영 흥미가 가지 않습니다. 대답을 못 하면 스트레스가 쌓이기 때문이기도 하고, 방송 분위기를 따라가기 힘들 때도 있습니다. 그럴 때는 차라리 TV를 끄는 편이 낫습니다. 스스로 결정해서 자유롭게 선택할 수 있다니, 이보다 더 이상적인 파트너가 또 있을까요? TV와 상당히 흡사한 매체를 하나 더 꼽자면 라디오가 있습니다. 자신의 생활 방식에 맞는 미디어를 좋은 친구 삼아 지내 봅시다.

외로울 때는
녹색 식물

식물은 삶에 윤택함을 줍니다.
손이 많이 가지 않는 화분 식물과 함께 생활해 보세요.
녹색 식물은 눈의 피로를 덜어줄 뿐 아니라
마음까지 온화하게 만들어 줍니다.

삶이 지치거나 외로울 때, 혹은 혼자 사는 것이 지겨울 땐? 저는 곧잘 "식물과 함께 살아 보세요"라고 조언합니다. 강아지나 고양이처럼 이리저리 돌아다니는 동물을 기르라는 말은 하지 않습니다. 식물은 손이 많이 가지 않아 가끔 물을 주고 햇볕을 쬐게 하는 정도면 충분합니다. 아무리 무심한 사람이라도 인생의 반려로 삼아 지낼 수 있죠.

전 칠십대 중반에 접어들면서부터 조카가 보내 준 '벤자민 고무나무'라는 관엽식물과 함께 살고 있습니다. 식물의 좋은 점은 여러 가지입니다. 먼저 관찰력이 좋아집니다. 이는 뇌를 단련해 치매 예방에 도움을 줍니다. 또 상상력을 자극해 시간 보내기에도 좋습니다. 온 힘을 다해 살아가려는 식물의 소리를 들을 수 있다면 외로움 따위는 눈 깜짝할 새에 사라집니다.

인간의 마음은 고독한 상태로 방치하면 시간이 지날수록 둔해집니다. 희로애락이라는 감정의 파도가 잔물결로 변하고, 잔잔해지다가 결국 물이 바싹 말라 버리고 말죠.

특히 같이 사는 사람이나 대화할 상대가 없는 경우 감정의 움직임이 거의 없는 상태에 빠지기 쉽습니다. 정신활동이 멈추지 않도록 꼭 식물을 곁에 두기 바랍니다. 물론 폭풍이 몰아치는 바다처럼 감정의 움직임이 거셀수록 좋다는 의미는 아닙니다.

여동생 요시에는 이런 논리를 그럴싸하게 늘어놓고는 합니다.

"식물도 엄연히 살아있는 생명체야. 그래서 사람이 말을 건네면 식물이 잘 자란다니까."

요시에는 그 근거에 대해 이렇게 설명합니다.

"말을 하면 입에서 탄산가스가 나오니까 이산화탄소를 흡수하는 식물에게는 분명 이로울 거야."

이런 논리에는 의문이 남지만 식물도 엄연히 살아 있는 생명체라는 말에는 수긍이 갑니다. 또 벤자민 고무나무가 제 말을 알아듣는다는 것 또한 틀림없다고 확신합니다.

식물을 키우는 일은 반드시 극적인 전개가 따릅니다. 새싹이 돋아나는 등 새로운 변화가 일어나기 때문이죠.

인간 세계에 비유하자면 싹이 트는 건 새로운 생명의 탄생이라 할 수 있습니다. 하지만 그처럼 감동적인 순간은 우리 일상에서 그리 흔치 않습니다. 때때로 식물이 보여주는 생명의 드라마를 통해 우리는 또 다른 '풍요로운 삶'을 간접 체험합니다.

대화만으로도
마음은 따뜻해진다

"오늘은 아무도 만나지 않았어."
"그러고 보니 아침부터 한마디도 하지 않았네."
살다 보면 이런 날이 새삼스럽지 않을 때가 많습니다.
하지만 외로움이 자꾸 쌓이면 나중에 더 골치 아파집니다.

지금으로부터 30여 년 전, 어느 노인 요양원의 의뢰로 매달 한 차례 입소자들의 정기 검진을 한 적이 있습니다. 지금도 잊을 수 없는 일이 있습니다. 병상에 누워 지내던 일흔넷의 입소자 M 씨의 이야기인데, 당시 요양원 직원들은 그녀를 걱정하고 있었습니다.

　"요즘 계속 이상한 소리만 하세요."

　"혹시 치매가 아닐까요?"

　그도 그럴 것이 M 씨는 현실과는 다른 말을 했습니다.

　"이 건물은 사방이 쓰레기 천지라 다니질 못하겠어."

　"밥에서 머리카락이 나와 먹을 수가 없어."

　이처럼 현실과 다른 잡담을 계속하는 모습은 고령자에게 흔히 볼 수 있는 현상입니다. 그런데 M 씨는 한 가지 마음에 걸리는 말을 했습니다.

　"요즘 밤마다 내 방에 아주 고운 아가씨가 찾아와. 유령이긴 하지만 어찌나 예쁜지……. 착한 유령이라 방에서 나갈 때는 이불을 잘 덮어 주더라고. 매일 왔으면 싶더라니까."

그때 전 "오늘 밤에도 미인 유령이 오면 좋겠네요"라고 대답하며 M 씨의 진찰을 끝냈습니다.

M 씨가 말한 유령은 진짜 유령이었을까요? 아니면 마음속에서 만들어 낸 환상이었을까요? 전 M 씨의 가족관계에 대해서는 잘 모릅니다. 병문안을 오는 가족이 있는지도 알지 못합니다. 다만 병상에 누워 지내는 M 씨가 매일 밤 한층 더 깊은 외로움을 느끼는구나 싶었습니다. 한밤중에도 몇 번씩 잠이 깨고 사무치는 외로움을 혼자서 감내하기 힘들었을 것입니다. 그 외로움과 결핍이 예쁜 여자 유령을 만들어 낸 게 아닐까요?

제가 M 씨를 통해 깨달은 사실은 '역시 사람은 적어도 하루 한 번은 다른 사람과 대화를 해야 한다'는 것입니다. 그것만으로도 차갑게 식은 마음은 금세 온기를 되찾기 때문입니다.

물론 누구든지 다른 사람과 말을 섞는 게 귀찮은 날이 있을 수 있습니다. 하지만 누군가와 대화하는 일은 적극적으로 살아가는 훈련이 됩니다. 멍하니 있거나 따분해 보이는 사람을 발견하면 먼저 다가가 말을 건네 보세요.

말을 주고받는 행위는 인간만이 누릴 수 있는 즐거움이니

까요.

건
강
의

균
형

병은
입에서 시작된다

'건강에 신경 쓰기 시작하면 끝이 없다'
이런 말을 적잖이 듣습니다.
건강하게 살기를 바란 나머지 전전긍긍한다면
그것도 생각해 볼 문제입니다.

건강하게 살아갈 수 있는지 아닌지는 '입'에 달려 있습니다. 입은 음식을 몸속으로 들여보내는 입구이기 때문입니다. 구체적으로 조심해야 할 점은 두 가지입니다. '치아 관리'와 '흡인성 폐렴'입니다. 자세히 살펴봅시다.

첫 번째 '치아 관리'에 관해서는 몹시 고통스러운 기억이 있습니다. 저는 어릴 때부터 치아 관리에 제법 신경 써 왔습니다. 그런데 나이를 먹자 충치를 비롯해 구강 내에 문제가 생겼죠. 물론 으레 겪는 자연스러운 노화 현상이었으리라 봅니다. 제 또래 사람들 중에는 틀니를 한 사람이 제법 많으니까요. 하지만 치아 치료는 상당히 고생스러운 과정입니다. 치과에 예약하고 치료받으러 다니는 일이 저에게는 무척 번거로운 일이었습니다. 업무를 보다가 치과에 가야 하니 시간 배분하기가 여간 힘들지 않았죠. 한 군데가 괜찮아지면 다른 곳에 문제가 생기기도 합니다. 치석을 제거하고 싶다면 치과에 가는 횟수는 더 늘어납니다. 이렇듯 치과에 다니는 일은 물리적으로 큰 부담입니다.

저는 팔십대에 임플란트에 도전했습니다. 충치 등으로 치아 상태가 나빠진 경우 그 치아를 뽑고 턱뼈에 나사를 심어 인공치아를 장착하는 치료법이죠(원래 치아가 없는 부위에 임플란트를 하는 경우도 있습니다).당시 전 별다른 망설임 없이 치아 몇 개를 임플란트 하기로 결심했습니다. 100세가 돼도 제가 건강한 이유는 임플란트를 잘하는 치과의사를 만난 덕분입니다. 음식을 씹을 수 있는지 없는지 신경 쓰지 않아도 되니 스트레스가 사라졌고, 성격이 부드러워졌다는 말도 듣게 됐죠. 물론 지금도 치아에는 아무 문제가 없습니다. 임플란트 덕분에 잘 씹을 수 있으니 머리에 자극을 줘서 뇌 활성화에도 도움이 되는 듯합니다.

두 번째는 '흡인성 폐렴'입니다. 흡인성 폐렴은 세균이 침이나 위액과 함께 폐로 들어가서 생기는 폐렴을 말합니다. 일본 후생노동성의 〈인구동태통계〉(2014)에 따르면, 폐렴에 걸린 고령자의 60~80퍼센트 이상이 기도 흡인과 관련이 있습니다. 나이가 들면 반사작용이 둔해지기 때문에 흡인성 폐렴이 잘 생기는 것이죠. 기도 흡인으로 인한 폐렴으로 사망하는 사람도 적지 않습니다. 음식을 천천히 먹고 식후에는 한동안 눕지 않는 등의 예방도 필요합니다. 특히 식사 중 숨이 막히거나 침을 삼킬 수 없거나 목에서 트림하는 듯한 소리가 나는 사람은 조심해야 합니다.

어떤 의미에서 입은 그야말로 '재앙의 근원'인 셈입니다.

먹는 즐거움이야말로
인생의 참맛

전 100세가 된 지금도 먹는 걸 무척 좋아합니다.
식단을 짤 때에는 극단적인 규칙을
강요하지 않는 것이 중요합니다.

"장수하는 음식이 뭔가요?"

"건강 비결 좀 알려주세요."

사람들은 흔히 이런 질문을 던집니다. 이럴 때 쉽고 재미있는 대답을 할 수 있으면 좋으련만 저로서는 너무 흔한 대답밖에 해 줄 수 없어 안타깝습니다.

"평범한 가정식을 중심으로 여러 가지 음식을 골고루, 지방은 적게……."

항간에서는 '이걸 먹으면 건강해진다'와 같은 극단적인 주장을 내세우는 책이 인기인 듯합니다. 반대로 '저걸 삼가야 건강해진다'와 같은 주장을 하는 사람도 있습니다. 주장의 사실 여부는 제쳐 두고, 세상에는 참 다양한 생각들이 있구나 싶어 흥미롭습니다. 식단을 정할 때 엄격한 규칙을 적용하면 피곤하지 않을까요?

전 딱히 가리는 음식은 없습니다. 뭐든지 맛있게 잘 먹는 '잡식성'이죠. 굳이 특징을 꼽자면 단백질을 적극적으로 섭취한다는 점입니다. 거의 매일 요구르트를 먹고, 끼니 때마다 소량이나마 고기나 생선을 주요 반찬으로 챙겨

먹죠. 단백질은 근육과 피부를 구성하는 핵심 성분이므로 열심히 섭취하면 좋습니다. 저의 점심 식단을 소개하자면 다음과 같습니다.

닭가슴살과 파뿌리무침

연어간장양념튀김

산머위와 고비나물

우리 고장에서 재배한 토마토(요구르트와 함께)

절임반찬

흰쌀밥(눌러 담지 않은 한 공기)

식자재는 이웃이나 조카들이 나눠 주는 경우가 많습니다. 또 식사할 때 손님이 오면 되도록 함께 식탁에 앉아 먹습니다. 저녁에는 살짝 반주를 곁들이기도 하는데, 이때가 저에게는 더할 나위 없이 행복한 시간이죠. 먹는 즐거움이야말로 인생의 참맛 아닐까요? 따라서 먹는 것에 엄격한 규칙을 적용하는 건 상당히 괴로운 일입니다.

'고령자는 건강을 위해 육식을 삼가야 하는가?' 하는 논쟁까지 있는 듯합니다. 개인적으로 건강을 위해 육류 섭취를 일부러 줄일 필요는 없다고 봅니다. 물론 육류에 지방분이 많아 소화에 부담을 주므로 절제하는 자세가 잘 못됐다고 볼 수는 없지만, 육류에만 들어있는 희귀한 영양소도 분명 존재하기 때문이죠. 특정 음식을 너무 많이 먹는 것만큼 극단적으로 제한하는 식사법도 위험하기는 마찬가지입니다. 즐겁게, 맛있게 먹는 것이야말로 가장 좋은 건강법입니다.

산들바람을 느끼는
감각을 키워라

혼자 살수록 실내 온도과 습도를
자주 확인하는 습관을 들입시다.
사소한 일처럼 보이지만
이는 생명을 좌우하는 문제입니다.

여름철이 되면 고체온증 문제가 큰 화제입니다. 특히 혼자 사는 경우 집 안의 온도 조절은 매우 중요한 문제이죠. 냉방을 적당히 하고 환기에 신경을 쓰는 등 고체온증 예방에 힘써야 합니다. 저도 그렇지만 무언가에 집중하다 보면 실온이 올라가는 줄 모르고 더운 곳에서 장시간 머물 때가 종종 있습니다.

일본 총무성의 통계에 따르면, 2015년 5월부터 9월까지 고체온증으로 응급실에 이송된 사람이 총 5만 5천 명을 넘었다고 합니다. 연령 분포를 보면 고령자가 과반수를 차지하고 있습니다.

저 역시 스스로 조심해야 할 문제입니다. 저는 눈에 잘 띄는 집 거실에 온습도계를 설치해서 자주 확인합니다. '쾌적하게 지낼 수 있는 실온은 약 29도, 습도는 65퍼센트'라는 제 나름의 지표도 있습니다. 요즘은 디지털 유형을 포함해 다양한 온습도계가 나와 있으니 보기 편한 것을 하나 설치해 두면 좋습니다.

고체온증을 예방하기 위해서는 평소 기온에 예민한 감

각을 키워 두는 것이 중요합니다. 집에 있을 때 환기를 자주 시켜 산들바람을 느끼는 감각을 단련해 봅시다. 저는 산들바람을 무척 좋아합니다. 무더운 여름철, 습관적으로 에어컨을 켜기보다 집 안 창문을 열고 자연 그대로의 산들바람을 즐기죠.

물론 산들바람의 단점도 있습니다. 밖에서 반갑지 않은 먼지가 같이 들어오니 말입니다. "기껏 청소를 해 놨더니 바람 때문에 탁자에 먼지가 쌓였네"하고 투덜거리기도 합니다. 하지만 산들바람은 여전히 절 기분 좋게 합니다. 먼지가 바람에 섞여 들어온다고 불평하기만 하는 건 좀 삭막해 보이지 않나요? 나중에 청소 한 번 더 하면 될 일이니까요.

환기는 위생적인 면에서도 중요합니다. 체력 유지를 위한 좋은 운동이라 생각하고 창문과 방문을 자주 여닫아 주세요. 만일 이 작업이 괴롭거나 귀찮다면 여러분의 근력이 약해진 탓일 수도 있습니다. 몸과 마음의 건강이 어느 수준인지 가늠하기 위해서라도 꾸준히 환기하는 습관

을 들입시다. 이는 사소한 부분처럼 보일지 몰라도 목숨
까지 좌우할 수 있는 문제입니다.

걷기만큼 쉬운
건강법도 없다

'매일 많이 걸어야 하는데' 하면서도
실천하기는 참 쉽지 않습니다.
즐겁게 걷는 비결을 알려 드릴까요?

전 곧 100세가 되지만 51개의 계단을 오르내리며 집과 바로 옆 병원을 하루 서너 번 이상 왕복합니다. "계단은 힘드실 텐데 승강기를 설치하지 그러세요?"라는 권유를 받은 적도 있습니다. 그런데 비용을 알아보니 무려 1억여 원이나 든다고 하더군요. 당황한 전 손사래를 쳤습니다. "병원을 위해 쓴다면 모를까 그렇게 큰돈을 저 하나 편하자고 쓰기엔 너무 아까워요!" 하면서요.

저에게는 병원에 가는 것이 숨을 쉬듯 당연한 일입니다. 그 때문에 긴 계단을 오르내리는 일이 그리 힘들지 않습니다. 오히려 그것까지 업무의 범주에 속한다고 여기는 듯합니다. '될 수 있으면 스스로 해야지' 하고 몸을 움직이는 일을 즐기고 있죠. 하지만 인생은 이럴 때가 있으면 저럴 때도 있기 마련. 몸이 건강해도 긍정적인 마음을 유지하기란 쉬운 일이 아니고, 손 하나 까딱하기 싫은 날도 있습니다. 그럴 때는 어떻게 하면 좋을지 괜찮은 방법을 제안할까 합니다.

지금으로부터 30여 년 전, 제가 칠십대 전후의 일입니다. 그때부터 전 건강관리의 일환으로 잘 걷기 위해 노력했습니다. 휴일에는 가까운 공원이나 할인점까지 걸어가는 일을 즐겼죠. 그날도 전 할인점까지 걸어갔습니다. 가는 동안 길가의 새싹과 봄꽃들이 눈을 즐겁게 했습니다. 알록달록 달라지는 꽃 풍경에 한껏 취해 걷다 보니 30분 만에 할인점에 도착했습니다. 가게 안에는 알뜰 쇼핑을 하려는 손님들로 북적였습니다.

'와, 하다노에도 아직 이렇게 사람들이 남아 있구나.'

'뭐 괜찮은 물건 없으려나?'

저 역시 혼잡한 사람들 틈으로 들어가 열심히 물건을 살펴보고 가격표를 확인했습니다. 너무 즐거워서 딱히 필요 없는 것까지 사들일 정도였죠. 나중에는 갈증이 나서 소프트아이스크림을 먹고 집으로 발걸음을 돌렸습니다. 산책을 하고 돌아오니 두 시간 정도 걸렸습니다. 살짝 피곤했지만 기분 좋은 피로감이었습니다.

걷는 것이 몸에 좋기는 하지만 집 근처를 무턱대고 걷는 방식은 습관이 들지 않아 오래하기 힘듭니다. 맛있는 걸 먹는다거나 자신의 취미와 목적지를 연결지으면 먼 거리도 척척 걷게 됩니다.

잠이 안 올 때는
억지로 잘 필요 없다

잠드는 시간이나 수면 시간은 스스로 조절하기 힘든 법.
굳이 조절하려고 애쓰지 않아도 됩니다.
'잠을 못 자면 좀 어때?' 하는 낙관적인 자세도
건강한 장수를 위한 비결입니다.

혹시 밤에 잠을 잘 이루지 못해 고민한 적은 없나요? 지금까지 수많은 환자를 만나 왔는데, '불면증'은 그들에게 자주 듣는 고민거리 중 하나입니다. 젊은 시절의 전 불면증을 호소하는 환자들에게 걱정하지 않아도 된다는 태도로 다독여 주었습니다.

"집에 계시니 잠이 오지 않는다고 크게 불편할 일은 없을 거예요."

"잠이 안 오는 것 같아도 막상 누우면 어느새 잠이 들 테니 너무 걱정하지 마세요."

그런데 칠십대에 접어드니 저도 불면증을 경험하게 됐고, 그 고통을 뼈저리게 알 수 있었습니다. 역시 당사자가 돼 봐야 절실함을 느끼는가 봅니다. 그 덕분에 좀 더 친근한 태도로 환자들을 대하게 됐으니 의사로서는 한층 더 성장한 듯합니다.

불면증은 나이와 상관없이 나타나는 증상인데, 나이가 든 뒤에 나타나는 불면증을 전문 용어로 '노인성 수면장애'라고 합니다. 밤새 깊이 못 자고 화장실에 가느라 몇 번씩 깨는 것이 특징이죠.

저의 경우 저녁에 무척 졸리다가도 막상 자야 할 시간에는 잠이 오지 않습니다. 그래서 수면제 대신 추리소설 같은 재미있는 책을 읽기 시작했는데 오히려 눈이 더 말똥말똥해지더군요. '내일 진료도 해야 하는데……' 하고 초조해하면 잠은 더 안 옵니다. 그럴 때 "잠이 안 와요" "몸이 찌뿌듯해요" 하고 호소했던 환자들의 심정을 절감합니다. 이부자리에서 뜬눈으로 밤을 지새우다 보면 이런저런 소리가 들려옵니다. 한밤중의 구급차 사이렌 소리, 오토바이 엔진 소리, 새벽 무렵 신문 배달하는 소리. 하다노는 촌구석이라고 생각했는데 밤에 활동하는 사람들이 의외로 많습니다.

괴로운 밤을 보낸 다음 날 아침은 시간이 허무하게 지나갔다는 후회가 밀려오기도 합니다. 여기서 중요한 건 잠을 못 잤더라도 다음 날 아침을 어두운 기분으로 맞이하지 않는다는 것입니다. 평소 전 아무리 자지 못했더라도 아침만큼은 밝게 맞이하자고 다짐합니다. 아침 햇볕을

쬐며 기분을 북돋아 봅시다. 정 잠이 오지 않아 괴로울 때
는 의사와 상담해서 수면제를 처방받는 것도 한 방법입
니다.

건망증과 치매는 다르다

의학적으로 건강한 사람의
'건망증'과 '치매'는 다릅니다.
무턱대고 걱정부터 하지 마세요.
단, 일상에 지장을 줄 정도로 심하다면
전문 진료를 받는 것도 방법입니다.

나이가 들수록 일어나는 현상 중 하나로 건망증이 있습니다. 건망증이란 구체적인 부분을 잊어버리는 증상입니다. 예를 들면 다음과 같은 증상입니다.

물건을 어디에 뒀는지 기억나지 않는다
약속 장소가 생각나지 않는다
어제 저녁에 뭘 먹었는지 기억나지 않는다

반면 치매는 큰 덩어리째 잊어버립니다.

물건을 어딘가에 둔 것 자체가 기억나지 않는다
약속 자체를 잊어버린다
어제 저녁을 먹었다는 걸 기억하지 못한다

이는 방금 밥을 먹은 치매 환자가 "밥은 언제 줘?" 하고 묻는 상황을 떠올려 보면 잘 알 수 있습니다. 치매 환자의 경우 밥을 먹었다는 사실 자체를 깨끗이 잊어버립니다.

어떤 일을 통째로 잊어버리기 때문에 "누가 내 물건을 훔쳐갔다"는 식의 착각이 많아져 대인관계에 말썽이 끊이지 않죠. 그러니 물건을 어디에 뒀는지 생각나지 않는다고 해서 '나도 이제 치매인가 봐' 하고 지레 겁먹을 필요는 없습니다.

단, 건망증이 너무 심해서 일상에 지장을 줄 정도라면 건망증 전문 진료를 받는 것도 한 방법입니다. 하타노 병원에서는 2009년에 건망증 전문 클리닉을 설치했습니다. 다양한 가능성을 열어두고 원인을 찾아 적절한 치료를 하는 클리닉입니다. 혹시 다음과 같은 증상이 있다면 진단을 받아 보기 바랍니다. 초기에 검사하면 진행을 최소한으로 막고 증상을 개선할 수 있습니다.

건망증이 심해진 것 같다

최근에 있었던 일이 잘 기억나지 않는다

사람이나 물건의 이름이 금세 떠오르지 않는다

좋아하던 것에 흥미를 잃었다

전보다 의심이 무척 많아졌다

익숙한 장소에서 길을 헤맨다

　반면 치매는 초기에는 발견하기 어렵습니다. 만일 가족이나 가까운 사람이 좀 이상하다 싶을 때는 본인에게 함부로 지적하지 않도록 주의해야 합니다. 치매에 걸리고 싶은 사람은 아무도 없습니다. 오히려 젊은 사람에게 지적 받으면 불안감에 스트레스를 받고 우울해지기도 합니다. 대화를 나누며 "괜찮아요. 걱정할 일 아니에요" 하고 다독이면서 가만히 지켜보는 자세가 중요합니다. 병원에 함께 가자고 권유해 보는 일도 필요하죠. 물론 증상이 심해서 일상에 지장이 있을 경우는 예외입니다. 생활 패턴이나 환경, 경제 상황 등에 따라 유연한 대응을 하는 것이 바람직합니다.

약은 의사의 처방을
믿는 것이 기본

약을 많이 먹는다고 병이 빨리 낫지는 않습니다.
증상이 호전됐다고 마음대로 약을 끊어서도 안 됩니다.
의사의 처방에 따르는 것이 기본입니다.

이번에는 올바른 약 복용법에 대해 이야기해 보겠습니다. 환자들을 진료하면서 대화를 나누다 보면 그들이 약에 대해 적잖은 오해를 하고 있음을 느낍니다. 특히 제가 늘 다루는 향정신성 의약품은 과거에 비해 급격한 속도로 개발돼 뛰어난 효과를 얻을 수 있습니다.

또 장기 복용을 하는 경우가 많다 보니 부작용을 억제하기 위해 최소한의 양으로 효과를 내도록 처방하죠. 의사로서 가장 머리를 써야 하는 부분이기도 합니다. 투약량이 모자라거나 과하면 환자에게 문제가 생기기 때문입니다. 투약을 너무 적게 하면 효과가 없고, 너무 많이 하면 부작용으로 졸리거나 나른한 상태가 됩니다.

약은 사람의 체질에 따라 미치는 효과가 다르기 때문에 단순하게 용량을 계산할 수 없는 까다로운 문제입니다. 앞으로 의료기술이 첨단화되더라도 약 처방은 로봇이 대신해 줄 수 없는 부분입니다. 그렇기 때문에 의사들은 자부심을 가지고 밤낮으로 지식을 쌓으며 노력하고 있습니다. 그러니 의사가 처방한 약은 꼭 용법과 용량을 잘 지키기 바랍니다.

간혹 증상이 호전됐다고 '이제 안 먹어도 괜찮겠지' 하고 마음대로 약을 줄이거나 끊는 환자가 있는데, 이 경우 예기치 못한 증상이 나타날 위험이 있습니다. 이는 정신과뿐 아니라 의료계 전반에 해당하는 문제입니다.

또 한 가지, 필요 이상으로 약에 욕심내지 말라는 부탁을 하고 싶습니다. 가끔 "기껏 진료를 받았는데 약도 안 주나요?" 하고 불평하는 환자가 있습니다. 의사는 여러 상황을 예측하고 모든 조건을 계산해서 처방합니다. 의사가 약이 필요 없다고 판단한 경우에는 그럴 만한 이유가 있습니다.

특히 고령 환자 중에는 '약이 많으면 마음이 놓인다' '약의 종류가 많을수록 병이 빨리 낫는다'고 생각하는 사람이 많습니다. 물론 그 심정을 저도 모르는 바는 아닙니다만 사람의 몸은 그렇게 단순하지 않습니다.

약은 의사의 처방을 믿고 따르는 것이 기본입니다. 더도 말고 덜도 말고 약을 올바르게 복용합시다. 여러분의 건강에 아주 큰 영향을 미치는 부분입니다.

평소에 병에 걸릴 때를
대비하라

갑작스럽게 병이 나거나 입원을 하면
의기소침해지는 사람이 적지 않습니다.
특히 그동안 건강했던 사람에게는
깊은 상처가 되기도 합니다.
평소에 병에 걸릴 때를 대비해 두면 어떨까요?

나이가 들면 누구나 예상치 못한 질병에 걸리거나 부상을 당하는 경우가 있습니다. 신체의 자유가 사라지는 갑작스러운 사고만큼 기분을 우울하게 하는 것도 없죠. 그럴 때는 부정적인 생각이 들기 쉽습니다.

'상태가 계속 나빠지는 건 아닐까?'

'여러 사람에게 피해 주는 건 아닐까?'

이처럼 혼자서 끙끙대지 않기 위해서는 마음을 잘 가다듬는 방법을 찾는 것이 중요합니다. 병상에 있을 때는 특히 감수성이 예민해집니다. 좋은 일이든 나쁜 일이든 몇 배로 증폭해서 느끼죠. 따라서 자기 나름대로 기분을 회복하는 방법을 발견해 두면 좋습니다.

제가 처음 입원을 한 건 칠십대 때의 일입니다. 정기진료 차 양로원을 방문했을 때 살짝 발이 걸리면서 앞으로 고꾸라지고 말았습니다. 평소처럼 얼른 일어나려 했는데 왼쪽 어깨가 전혀 움직이지 않았습니다. 마치 납작해진 개구리처럼 복도 한가운데 덩그러니 엎어져 있었죠. 지나가던 직원의 도움으로 가까스로 일어날 수 있었습니다.

진료차 방문한 양로원에 들어서자마자 넘어져 근처 정형외과로 달려가야 하는 의사라니.

골절이라는 진단을 받고 전 그대로 입원해 안정을 취해야 했습니다. 하타노 병원 직원들과 환자들에게 큰 민폐를 끼친 사람이 되고 말았죠. 한없이 침울해졌습니다. 그때 제 마음을 위로해 준 건 병문안 온 사람들에게 받은 꽃이었습니다. 병문안 때 사 들고 오는 꽃들은 대부분 가지를 자른 꽃입니다(화분은 병이 뿌리를 내린다는 뜻이라고 해서 피하는 선물입니다). 그래서 처음에는 싱싱하고 아름다웠던 꽃이 일주일쯤 지나면 점점 시들어 버리죠. 아무리 관리를 잘해도 마찬가지입니다.

그런데 신기하게도 꽃이 시들어 가면서 제 상처가 회복되었습니다. 꽃을 보면서 몸의 통증이 차츰 줄었기 때문에 '내 몸이 회복되는 대신 꽃의 생명이 줄어드나 보다' 하는 기분이 어렴풋이 들었습니다. 그리고 '병실에 꽃이 있어 정말 다행이구나' 하며 한없이 고마운 마음이 들었습니다. 마침내 제가 즐기던 단가短歌를 지을 수 있을 만큼 심신이 건강해졌습니다.

　잇달아 건네받은 꽃
　머리맡에서
　나의 아픔과 함께 시들려하네

　부상이나 질병 등이 새로운 깨달음을 주는 경우가 있습
니다. 만일 갑자기 병상에 눕는 일이 생기더라도 너무 침
울해 하지 않기 바랍니다. 제 이야기도 꼭 머리 한구석에
넣어 두었으면 합니다.

혼자서 고민하기 때문에
병이 생긴다

고민의 원인을 알면 차도를 보이는 우울증이 있습니다.
거꾸로 말하면 고민의 원인을 나 자신도 모를 때가 많습니다.
'신중히 생각하는 것'과 '고민하는 것'의 균형이란 무엇일까요?

정신과 의사이기에 할 수 있는 이야기를 조금 해 보려합니다. 제가 의사가 됐을 무렵부터 환자들에게 끊이지 않은 질환은 역시 우울증입니다. 우울증의 유병률이나 환자 수에 대해서는 상당히 많은 역학 연구가 존재합니다. 일본 후생노동성 홈페이지에 따르면, 12개월 유병률(과거 12개월 동안 우울증을 경험한 사람의 비율)이 1~2퍼센트, 생애 유병률(지금까지 우울증을 경험한 사람의 비율)은 3~7퍼센트이며, 중고령층의 빈도가 높습니다.

우울증의 원인은 저마다 다르기 때문에 치료법도 다양합니다. 최근에는 좋은 약이 나왔기 때문에 잘 활용하면 좋습니다. 투약 치료와 함께 권장하는 것이 바로 상담 치료입니다. 상담을 통해 우울증의 원인이 명확해질 뿐 아니라 그것을 극복하는 경우가 있기 때문입니다(개중에는 뚜렷한 원인이 없는 환자도 더러 있습니다).

다음은 우울증 환자 Y 씨의 이야기입니다. Y 씨는 처음에는 그 원인을 몰랐습니다. 위장이 안 좋다는 말을 한 적은 있었지만 특별한 질환이 있는 것은 아니었죠. 오랜 시간에 걸쳐 꾸준히 상담한 뒤에야 유별난 '암 공포증'이 있다는 사실을 알았습니다.

Y 씨의 부모님은 암으로 세상을 뜨셨다고 합니다. 그래서 마음속에 '나도 암에 걸리는 건 아닐까?' 하는 공포가 싹터 지나치게 커진 것이죠. 공포감에 짓눌린 나머지 아무것도 할 수 없었고, 외출할 엄두조차 못 내다가 우울증이 생겼습니다. 다행히 병원은 병을 치료하는 곳이라고 생각해서인지 내원하는 것을 위안으로 삼는 듯 했습니다. 제가 암 공포증이라는 진단을 내리자 본인도 후련해졌는지 밝은 모습을 되찾았습니다. 저는 Y 씨에게 이런 말을 건넸습니다.

"부모가 암 환자라고 해서 자녀가 다 암에 걸리는 건 아니에요. 유전 가능성이 높은 암도 자주 검진받고 조기에 발견하면 괜찮습니다. 지난번 검진에서 아무 이상이 없으셨잖아요. 더구나 건강하시니 걱정하지 마세요. 걱정이 지나치면 스트레스가 쌓여 오히려 몸에 안 좋습니다."

시간이 흘러 Y 씨는 우울증이 완치돼 통원 치료를 끝냈습니다. 이 이야기는 상담 치료의 효과를 보여 주는 대표적인 사례입니다. 우울증은 그 원인을 환자 자신도 전혀 모르는 경우가 있는가 하면, 환자가 무의식 속에서는 느끼지만 자각하고 싶지 않은 경우도 있습니다. Y 씨는 후자였는지도 모릅니다. 이때 다정한 대화 상대가 있다면 우울증의 원인을 깨닫고 맞서 싸울 수 있습니다. 그러나 그게 쉽지 않기 때문에 정신과 의사나 전문 상담사에게 도움을 청합시다.

인
간
관
계
의 균
형

나 홀로는 피하라

혼자가 편해서 좋다는 사람이 있나요?
고독사를 방지하기 위해서라도
사람들과의 인연은 유지해 둡시다.
균형 잡힌 인간관계의 비결은 '넓고 얕게'입니다.

병원 직원들에게 들은 바로는 최근 '고독사'라는 말이 화제인 듯합니다. 고독사란 홀로 자택에서 숨을 거둔 사람이 사후 며칠(혹은 몇 주, 몇 개월) 뒤에야 발견되는 것을 말합니다.

일본 내각부의 2010년판 〈고령사회백서〉에서는 '누구의 보살핌도 받지 못한 채 사망한 뒤 상당 기간 방치되는 비참한 고립사(고독사)'라고 표현하고 있습니다. 닛세이기초연구소는 지난 2012년 연간 1만 5,603명의 고령자가 사후 4일 이상 지나 발견된다는 자료를 공개했습니다. 성별로 보면 특히 남성의 고립도가 높다는 사실이 드러납니다.

도쿄도감찰의무원(범죄와 관련 없는 사망자를 부검하는 전문기관)이 2010년에 발표한 〈도쿄도 23구의 고독사 실태〉에 따르면, 고독사의 남녀비율은 거의 2대 1입니다. 남성 중에서도 특히 50~60대가 현저히 높습니다.

사후 며칠이 지나서야 발견된다는 건 살아 있을 때부터 고독하고 고립된 상태였음을 뜻합니다. 인생의 마지막 몇 개월 또는 몇 년을 외롭게 지내다가 세상을 뜬 것이죠. 본인에게 무척이나 고통스러운 일이었을 겁니다.

특히 살고 있는 지역에서 교우관계가 별로 없는 사람은 고독사할 가능성이 훨씬 높습니다. 몸에 이상이 있을 때 쉽게 찾을 수 있는 병원을 확보해 두고 자신의 건강관리에 주의를 기울여야 합니다. 그와 동시에 인간관계를 소홀히 하지 않기 바랍니다.

인간은 혼자서 살아갈 수 없습니다. 서로 도우며 사는 것이 본연의 모습입니다. 요즘 '나홀로족'이라는 말이 유행하고 있다고 합니다. 조금 젊은 세대를 가리키는 말인 듯한데, 이를테면 혼자서 외식이나 여행을 즐기는 나홀로족이 삶의 한 형태로 인기를 끄는 것이죠. 하지만 잠깐 멈춰 서서 나홀로족의 말로에 대해 조금 생각해 보기 바랍니다. 이들이 고독사를 향해 돌진할 가능성은 없을까요? 나홀로족이라는 말의 겉모습에만 현혹되지 말고 서로 의지하고 도우며 살아가는 풍조가 널리 퍼졌으면 좋겠습니다.

나이가 들어가면서 혼자가 편하다는 말이 참 와 닿습니

다. 그러나 마음의 건강이라는 관점에서 보면 이는 위험합니다. 주위에 대화할 상대를 늘려가도록 합시다. 그럴 사람이 없다면 진지하게 찾아보세요. 이런 이야기를 하면 "아무도 날 좋아하지 않아요" "전 호감을 사는 타입이 아니에요" 하고 한탄하는 사람이 있습니다. 제가 하고 싶은 말은 만인에게 사랑을 받으라는 것이 아닙니다. 또 허물 없이 긴 대화가 가능한 '절친'을 새로 만들라는 것도 아닙니다. 이웃과 마주칠 때 먼저 인사를 건네거나 가게 점원에게 밝게 인사하는 등 사소한 일부터 시작해 보세요.

사이좋은 모습은
참으로 아름답다

가족, 친구, 이웃.
되도록 사이좋게 지내고 싶은 사람들입니다.
물론 나이가 든 뒤에도 새로이
좋은 관계를 맺어갈 수 있다면
그것만큼 행복한 일도 없습니다.

우리 집과 하타노 병원 근처에는 미즈나시강이 흐르고 있습니다. 녹음이 우거진 공원도 있죠. 날씨가 맑은 날에는 아침부터 동네 사람들이 산책과 조깅을 즐깁니다. 저도 이처럼 활기차게 운동하는 사람들 사이에 낄 수 있으면 좋으련만 100세가 되니 몸이 제 뜻대로 움직이지 않습니다. 다행히 머리와 마음은 아직 잘 움직여 줘서 공원에 모인 사람들을 멀리서 바라보며 인생의 묘미에 대해 이런 저런 생각에 잠기곤 합니다.

특히 감동적인 건 인생의 연륜이 쌓인 커플입니다. 오랜 세월 함께 살아온 듯한 두 사람이 걸어가는 모습을 볼 때마다 그 아름다움에 깊이 감동하죠. 둘이서 큰 소리로 대화를 나누는 것도 아닙니다. 유별나게 웃으며 흥겨워하는 것도 아닙니다. 서로 바라보거나 무언가를 전하고자 하지도 않습니다. 하지만 함께 있는 것만으로도 서로 마음이 통하고 긴밀히 맺어진 사이임을 멀리서도 알 수 있었죠.

이상주의·인도주의 문학을 추구한 일본 시라카바파의

대표 작가 무샤노코지 사네아쓰는 "사이좋은 모습은 참으로 아름답다"라는 말을 남겼습니다. 그 노부부는 그야말로 이 말이 구현된 모습이었습니다.

사이좋은 모습은 어째서 아름다울까요? 그건 의좋게 지내는 두 사람의 아름다운 마음이 은은하게 배어 나오기 때문이 아닐까요? 이는 반대의 경우를 생각해 보면 잘 알 수 있습니다. 서로 다투거나 싸울 듯이 으르렁대는 사람들 곁에 있으면 보는 사람의 기분까지 사나워지니까요.

사이가 좋다는 건 당사자에게도 행복한 일이거니와 주변 사람에게도 좋은 영향을 줍니다. 전 될 수 있는 대로 곳곳에서 그러한 인간관계를 만들어 가고 싶습니다. 마음이 잘 통하는 인간관계는 꼭 부부 사이가 아니어도 쌓아 갈 수 있습니다.

이렇게 말하는 전 지금까지 가정을 가져 본 적이 없습니다. 좋은 사람을 몇 번 만난 적은 있지만 어쩌다 보니 결혼에는 도달하지 못했습니다. 그리고 일하는 재미에 푹 빠져 있는 사이 어느덧 100세를 맞이했습니다. 배우자는 얻지 못했지만 대신 병원을 지원하는 좋은 사람들을 많이 만났죠. 그 친밀함은 혈연을 초월한 인연으로 맺어진 대가족이라 할 수 있으며 덕분에 외로움 따위에 시달린 적은 단 한 번도 없습니다.

배우자와 잘 지내는 사람이 행복한 것은 틀림없습니다. 그러나 어느 정도 나이가 들면서 결혼이라는 관계에 얽매이지 않는, 마음이 통하는 인간관계가 저에게 큰 버팀목이 된다는 생각이 듭니다. 이런 말을 하는 데는 이유가 있습니다. 나이가 들면서 비슷한 연배의 사람들이 먼저 세상을 떠나 크게 낙심하는 경우를 자주 보기 때문입니다. 만일 배우자와 사별해 깊은 슬픔에서 헤어 나오지 못하고 있다면 마음이 통하는 인간관계를 만들어 가도록 조금이라도 긍정적으로 생각해 보면 어떨까요?

'사이좋은 모습은 참으로 아름답다'는 정신으로 인생을 살아가도록 합시다.

가치관이 완전히
일치하는 사람은 없다

"요즘 젊은 애들은⋯⋯."
이런 말이 입버릇처럼 나오는 사람은 '황색 신호'입니다.
이왕이면 젊은이들과의 차이를 즐겨 보면 어떨까요?

'항상 유연한 발상을 마음껏 했으면'

저는 늘 이렇게 바랍니다. 그래서 변화하는 시대에 가능한 한 따라가고 싶고, 젊은 세대와도 격의 없이 지내고 싶습니다. 그런데 그게 그리 쉬운 일이 아닙니다. '나도 참 틀에 박힌 생각에서 못 벗어나는구나' 하고 저의 낡은 감성에 낙심할 때가 적지 않습니다.

제가 혼자서 전철을 타고 여기저기 다니던 칠십대 무렵의 일입니다. 어느 날 전철 안에서 한 젊은 여성에게 눈길이 머물렀습니다. 찬찬히 보니 그 여성이 입은 블라우스의 겉과 속이 뒤집혀 있었습니다. 깜짝 놀란 전 그 여성에게 말을 해 줘야 하나 망설였지만 가까이 다가가지도 못한 채 조용히 집으로 돌아왔죠. 이튿날 젊은 직원들에게 그 이야기를 꺼내 봤습니다.

"글쎄, 어제 전철 안에서 어떤 아가씨가 블라우스를 뒤집어 입은 거야. 어찌나 놀랐는지. 그 아가씬 눈치챘나 몰라."

그러자 직원들이 눈을 동그랗게 뜨며 날 쳐다봤습니다.

"요즘 옷을 뒤집어 입는 게 유행이에요!"

"어머, 선생님은 그것도 모르셨어요?"

예상치 못한 반응에 전 그저 어안이 벙벙했습니다. 만일 그 여성에게 다가가 "저기요, 블라우스를 뒤집어 입었어요" 하고 알려 줬다면 과연 무슨 일이 벌어졌을까요? 여성은 어이없어 했을까요? 아니면 비웃었을까요? 그때 말을 걸지 않아서 천만다행이라고 생각하며 저는 가슴을 쓸어내려야 했습니다.

젊은 사람들이 멋지다고 느끼는 스타일과 제가 멋지다고 느끼는 스타일은 상당히 다릅니다. 아름다움의 기준이 전혀 다르기 때문이죠. 이런 걸 '세대 차이'라고 하는 걸까요? 젊은이들과 감성이 맞지 않는다는 건 슬프지만 어쩔 수 없습니다. 제가 아무리 유연한 발상을 마음껏 하길 원해도 자연스레 어긋나기 때문입니다. 그래서 세대 차이에 대해서는 깨끗이 포기합니다. 대신 꼰대 같은 행동은 삼가려고 합니다.

물론 이제 전철을 타고 어디 멀리 가기 힘든 나이가 됐으니 뒤집어 입은 블라우스 같은 진기한 구경을 할 일도 줄었습니다. 그렇게 생각하니 살짝 서글프네요. 가치관의 차이와 맞닥뜨리는 순간은 참 재미있는데 말이죠.

과묵한 사람보다
말하는 사람이 더 사랑스러운 법

말주변이 없다고 소극적으로 행동한다면
인생을 낭비하는 셈입니다.
말실수를 하면 사과하면 됩니다.
먼저 자신의 기분을 솔직하게 이야기해 보면 어떨까요?

혹시 말주변이 없다고 고민하고 있지는 않나요? '재치 있는 아부 한마디 할 줄 몰라 처세에 서툴다'거나 '말재주가 없어 친구를 사귀기 힘들다'며 자신을 책망하고 있진 않은가요? 제가 보기엔 대부분의 사람이 자신은 말주변이 없다고 오해하고 있습니다. 그래서 다른 사람과 인연을 맺을 좋은 기회를 놓치죠. 저는 이렇게 조언합니다.

"일단 먼저 말을 건네세요."

먼저 상대에게 말을 건다는 것 자체가 중요하지 대화 내용은 그리 중요하지 않습니다. 상대는 당신이 먼저 말을 건넸다는 사실만으로도 기쁠 테니까요. 어째서 이렇게 확신할 수 있을까요? 저는 병원에서 많은 환자가 먼저 말을 걸어오는 위치에 있습니다. 개중에는 악의는 없지만 깜짝 놀랄 만한 말을 하는 환자도 있죠.

3개월 만에 파마를 하고 병원에 갔을 때의 일입니다. 헤어스타일을 칭찬하는 목소리에 섞여 이렇게 속삭이는 소리가 들려왔습니다.

"선생님 뒤통수는 거의 민둥산이네……."

뒤통수에 머리숱이 없다는 것쯤은 저도 잘 알고 있었
고, 주변의 얼마 남지 않은 가느다란 머리카락으로 나름
잘 감추고 다닌다고 생각했는데 말이죠. 처음에는 철렁하
고 가슴이 내려앉았습니다. 하지만 환자가 한 말이라 마
음에 담아 두지는 않았습니다. 그 밖에도 '무례한' 말을
듣는 건 예삿일이었습니다.

"선생님은 진짜 몇 살이세요?"

"글쎄? 그건 비밀이야."

병원 증축이나 보수 공사 같은 이야기가 퍼지면 "선생
님 돈 많이 모았네요!" "절 입원시켜서 번 돈이죠?" 하고
거리낌 없이 엉뚱한 소리를 하는 환자들이 많습니다. 하
지만 그들에게는 악의가 전혀 없습니다. 실례라고 생각하
지도 않죠. 전 이런 말을 들으면 항상 담담하게 받아넘깁
니다. 직업 때문인지 몰라도 전 환자들에게 단 한 번도 화
가 난 적이 없습니다. 화는커녕 겉과 속이 다르지 않은 그
들이 귀엽다고 느낍니다. 그들은 자신이 그 순간 느낀 바
를 솔직하게 말로 표현했을 뿐입니다. 그러니 그걸로 됐

다고 만족하는 것이죠.

또 그들은 그 순수함에 이끌려 함께 살아갑니다. 마음에 그늘이 있는 사람은 누군가에게 말을 건네지 못합니다. 타인에게 관심도 보이지 않고 집에 틀어박혀 있기 일쑤죠. 그런 상태는 상당히 위험합니다. 설사 실례가 된다고 해도 느낀 바를 말로 표현하는 편이 마음이 놓입니다.

'과묵한 사람보다 거침없이 말하는 사람이 더 사랑받는다.'

매일 얼토당토않은 발언을 듣는 제가 하는 말이니 틀림없습니다. 말주변이 없다고 고민하지 말고 주위 사람들에게 적극적으로 말을 걸어 봅시다.

남의 이야기에
귀를 기울여라

말하는 것도 중요하지만
상대의 이야기도 적극적으로 들어 주세요.
'말하기'와 '듣기' 사이에서 적당한 균형을 찾아낸다면
가장 어려운 인생의 균형을 발견한 셈입니다.

노년기에 생기는 우울증을 '노인성 우울증'이라고 합니다. 최근에 배우 아사오카 유키지가 이 병 때문에 휴식한다고 발표해 화제가 됐죠. 노인성 우울증은 노년기에 잠복해 있는, 의외로 흔한 질환입니다. 밝고 매력적으로 보이는 사람도 결코 예외는 아닙니다. 문제는 그 원인이 명확하지 않고 심신의 복합적인 이유로 발생한다는 것입니다.

우리 병원에도 노인성 우울증에 시달리는 환자가 많습니다. 그들은 주로 불면과 식욕부진, 두통 같은 증상을 보입니다. '외출하기 싫다', '누구도 만나고 싶지 않다', '사는 게 싫다'고 호소하는 환자도 많습니다. 이 병에는 아직 특효약이 없지만 뛰어난 효과를 발휘하는 치료법은 있습니다. 바로 환자의 이야기에 진심으로 귀를 기울이는 것입니다.

노인성 우울증 환자 대부분은 말을 장황하게 하는 특징이 있습니다. 전 환자가 말하는 것이 스트레스 발산에 가깝다고 생각하기 때문에 이야기의 흐름을 되도록 방해하지 않습니다. 그 때문에 이야기를 듣다 보면 한 시간이 훌쩍 흘러가는 일도 적지 않습니다. 그리고 그 환자가 다시 진료실을 찾을 때는 신기하게도 갑자기 밝은 모습일 경우가 많습니다.

'환자가 짧은 시간에 호전된 건 분명 그 사람의 이야기를 찬찬히 들어 주었기 때문이야.'

그때 전 이런 생각이 들었습니다. 그리고 지금도 그렇다고 확신합니다.

예전에 도쿄 우에노에 있는 미술관으로 그림을 보러 갔을 때 우연히 〈귀를 기울이는 사람〉이라는 제목의 작품을 본 적이 있습니다. 노란색 배경에 옆을 향해 서 있는 한 남성이 귀에 손을 대고 무언가를 경청하는 모습이 선명하게 그려져 있었죠. 경건하게 기도하고 있는 듯이 보였습니다. 그 남성에게도 이야기하고 싶은 것, 전하고 싶은 것이 많았는지도 모릅니다. 하지만 오로지 상대의 이야기에 귀를 기울입니다. 그 자세에는 무엇보다 깊은 애정으로 가득 차 있었습니다.

사람은 누구나 자신의 얘기를 들어 주고 웃는 얼굴로 맞장구를 쳐 주면 기뻐합니다. 그런 사람에게 더 많은 얘기를 하고 싶어지는 게 인지상정이죠. 그러니 다른 사람의 이야기를 적극적으로 들어 주도록 합시다. 그것이 인간으로서의 성숙함이자 남에게 힘이 돼 주는 일입니다. 물론 여러분이 정신과 의사는 아닐지라도 누군가의 이야기에 조용히 귀를 기울이면 상대의 마음을 충분히 치유할 수 있습니다.

음치라도 좋으니
큰 목소리로 노래하라

나이가 들면 행동 범위가 좁아져 활동량이 줄기 쉽습니다.
따라서 목소리도 작아집니다.
건강은 물론 원만한 대인관계를 위해서라도
목소리의 크기를 의식합시다.

나이가 들어 은퇴해 혼자 살기 시작하면 갑자기 말을 할 일이 적어집니다. 사람들과 교류할 기회가 줄어들기 때문이죠. 하지만 다른 관점에서 보면 지긋지긋하고 골치 아픈 인간관계에서 해방된 셈이니 오히려 마음이 놓인다는 사람도 많습니다. 정신없이 분주한 직장, 쉴 새 없이 울려 대는 전화, 말다툼이 끊이지 않는 가정만큼 스트레스를 주는 환경도 없으니까요.

그러나 한 가지 명심할 것이 있습니다. 목소리를 내는 일은 매우 중요하다는 사실입니다. 사소하다고 생각할 수도 있지만 발성은 몸의 근원적인 기능 중 하나입니다. 소통의 핵심이기도 하죠. 사람의 몸에는 '사용하지 않는 기능은 급속도로 저하된다'는 대원칙이 있습니다. 며칠씩 입도 벙긋하지 않고 침묵한다면 나중에 즐거운 대화를 나누지 못할 수도 있습니다.

하지만 주변에 이야기할 상대가 없다는 사람도 제법 있을 것입니다. 그런 사람에게 추천하고 싶은 방법은 '노래하기'입니다. 최신 유행가가 아니어도 좋습니다. 옛 생각이 나는 친숙한 노래면 충분합니다. 부엌이나 욕실에서 노래를 흥얼거려 보면 어떨까요?

요즘 젊은이들 사이에서 '1인 노래방'이 유행한다는 이야기를 들었습니다. 이는 누구 눈치 볼 거 없이 신나게 노래방에서 놀자는 목적과 동시에 단체로 노래방에 가기 전에 연습한다는 취지도 강합니다. 어느 쪽이든 마음껏 노래하는 건 젊은 세대뿐 아니라 중고령자에게도 상당히 긍정적입니다.

제가 이처럼 노래를 중요하게 생각하는 이유는 환자들이 노래를 통해 몰라보게 달라지는 모습을 봐 왔기 때문입니다. 평소에는 누구하고도 말을 하지 않던 환자가 병원 행사 때 무대에 올라 노래할 때는 당당하게 목소리를 내는 모습을 봅니다. 안타까운 건 그들이 무대에서 내려오면 다시 입을 꾹 다문다는 점입니다.

노래에는 건강해지는 효과가 있습니다. 정신적으로도 만족감과 충족감이 크죠. 사람들과의 관계가 원만해지는 장점도 따라옵니다.

보통 대화할 때 목소리가 너무 커서 귀청이 떨어질 지경이라는 불평을 듣는 일은 거의 없습니다. 다시 말해, 대다수 사람은 목소리가 작아서 남에게 불편을 주고 있다고 해도 과언이 아닙니다. 상대를 위해서라도 당당하게 큰 목소리를 냅시다.

타인의 균형을
존중하라

사람들 중에는 속마음을 내비치지 않고
내면의 목소리도 감추는 사람이 있습니다.
하지만 이는 그 사람 나름의 소통일 수 있습니다.
타인의 균형에 간섭하지 않고 존중할 수 있다면
여러분은 진짜 어른입니다.

여러분은 다른 사람의 기분을 이해할 수 있다고 생각하나요? 아니면 이해할 수 없다고 생각하나요? 사실 전 '다른 사람의 기분은 이해할 수 없을 때도 있다'고 생각하면서 환자들을 대합니다. 이렇게 말하면 냉정한 의사라고 생각할지도 모르겠습니다. 하지만 우리는 간혹 이해할 수 없는 환자들과 마주해 왔습니다. 어떻게든 다가가서 마음을 열어 보려고 오랜 시간 애를 써도 환자가 끝끝내 침묵을 지킬 때가 적지 않습니다.

물론 그 배경에는 마음의 병이 자리합니다. 투약 치료로 증상을 완화시켜 환자가 말을 하고 싶어지도록 최선을 다하지만, 환자 본인의 의지로 마음의 문을 열지 않는 경우가 꽤 많습니다. 우리 의료계 종사자들은 훈련을 받기 때문에 그런 일에 깊은 상처를 받지는 않습니다. 그러나 이것이 직업이 아니라면 상대가 마음의 문을 닫고 소통을 거부하는 걸 마주하는 게 상당히 괴로울 수 있습니다. 지금도 잊을 수 없는 W 씨의 이야기입니다.

W 씨가 입원했을 당시, 우리는 온갖 수단을 다 써 봤지

만 할 수 있는 일이 너무 없어 절망에 빠질 지경이었습니다. W 씨는 스스로 감정을 추스르려고 노력했지만 좀처럼 안정을 찾을 수 없었습니다. 약이나 주사 같은 의료적 수단은 거의 효과가 없었죠. 눈앞에 있는 음식도 제대로 먹을 수 없어 괴로워했습니다. 어떻게든 도움을 주고 싶었지만 충분한 영양을 섭취할 수 없던 W 씨는 나날이 야위어 갔고, 결국 링거를 맞으며 온종일 침대에 누워 있어야 했습니다.

그러던 어느 날, W 씨가 침대 안에서 꼼지락거리며 불안한 듯 이리저리 두리번거렸습니다. 저는 다독였습니다.

"눈을 감고 느긋한 마음으로 잠을 청해 보세요. 제가 옆에 있어 줄 테니 걱정 말고요."

몇 분 지나자 조용해졌습니다. 조금 편안해졌는가 싶어 얼굴을 들여다봤더니 감고 있는 눈 한쪽에서 눈물 한 방울이 또르르 뺨을 타고 흘러내렸습니다. W 씨는 그대로 고요히 잠이 들었습니다. 그 눈물에는 불안과 괴로움이 가득 녹아 있는 듯이 보였지만, 눈물을 흘린 이유에 대해서는 그 뒤에도 알 수 없었습니다.

　이처럼 의사소통이 불가능한 환자인 경우, 우리는 환자가 평온하게 지낼 수 있는 환경을 조성해 주고 언어가 없는 그 세계에서 곁을 지킬 수밖에 없습니다. 이러한 경험을 통해 우리는 타인의 기분은 이해할 수 없을 때도 있음을 명심하면서 환자들을 대합니다. 단, 그럴 때는 아낌없이 애정을 쏟습니다. 이는 환자와 의사의 이야기이지만, 보통의 인간관계에서도 응용할 수 있지 않을까요?

거절하는 힘을
길러라

다른 사람이 날 의지하는 것과
내가 그 사람에게 휘둘리는 것은 다릅니다.
나중에 불만이 터져 나올 바에야
거절하는 편이 낫습니다.

사람은 두 종류로 나뉩니다. '딱 잘라 거절할 수 있는 사람'과 '거절을 잘 못하는 사람'이죠. 저는 후자 쪽이라 난감할 때가 많습니다. 감당 못할 짐을 떠안지 않고 마음 편히 살아가기 위해서는 거절하는 힘이 얼마나 중요한지 통감하곤 합니다. 여러분은 어느 쪽인가요?

전 칠십대까지 검찰청에서 사건 피해자의 정신감정 의뢰를 자주 받았습니다. 정신감정에는 나름의 수고와 시간이 걸립니다. 또 그런 의뢰를 받는다고 해서 병원이 큰 이득을 보는 것도 아닙니다. 병원 운영을 최우선으로 생각한다면 굳이 무리해 가면서까지 할 필요는 없다는 게 솔직한 심정입니다. 하지만 의뢰를 받으면 전 그만 덥석 받아들이고 말죠.

하루는 정신 감정을 해 줄 수 있겠느냐는 검찰청 담당자의 전화를 받고 이렇게 대답한 적이 있습니다.

"이번 주 수요일이라면 오전, 오후 모두 시간이 비어 있습니다만."

담당자는 한숨 놓이는 듯 말했습니다.

"그럼 오후 한 시에 부탁드리겠습니다."

저도 동의하고 전화를 끊었죠. 그런데 몇 분 뒤 그 담당자에게 다시 전화가 왔습니다.

"수요일 오전에도 시간이 된다고 하셔서 드리는 말씀인데, 오전에 정신감정 한 건 더 추가해도 될까요?"

제가 너무 솔직하게 오전, 오후 모두 시간이 빈다고 말하자 담당자는 기다렸다는 듯이 하루 두 건의 감정을 의뢰한 겁니다. 전화를 끊은 뒤 저의 머리에는 현장에서 열심히 일하는 직원들과 보살핌이 필요한 환자들의 얼굴이 떠올랐습니다. 사실 병원 일손이 부족한 상태도 아니고 어차피 수요일은 휴진이기 때문에 환자들에게 직접적인 피해는 가지 않습니다. 하지만 손에 쥔 패를 다 보여 주는 건 바보 같은 짓임을 그때 배웠습니다.

물론 정신감정 업무는 공익성이 높은 일로 누군가가 당장 맡아야 할 일입니다. 의뢰가 들어오면 오히려 기뻐해야 할 일이라는 견해도 있죠. 그렇기에 전 의료계 종사자로서 올바른 선택이었음을 자신 있게 말할 수 있습니다. 하지만 경영자로서 옳은 선택이었는지는 잘 모르겠습니다.

나중에 푸념을 늘어놓지 않기 위해서 그리고 괜한 스트레스가 쌓이지 않기 위해서라도 저를 타산지석 삼기 바랍니다. 건강하게 장수하고 싶다면 거절을 잘하는 사람이 되도록 합시다.

사 랑 의   균 형

누구에게도
도움되지 않는 삶은 외로운 법

사람은 누군가를 기쁘게 해줄 때 충족감을 느낍니다.
남과 경쟁하거나 평가를 요구하지 말고
다른 사람에게 베풀며 살아가면 어떨까요?

제 어머니는 아흔여섯이 될 때까지 거의 병치레 없이 건강하게 사셨습니다. 어머니는 육십대 중반부터 거의 말년까지 저와 함께 지내셨는데, 의사로서 바쁜 저를 위해 이것저것 챙겨주시곤 했죠. 물론 어머니의 애정이 때로는 달갑지 않을 때도 있었습니다. 말년에 함께 생활할 때 어머니의 건망증이 심해져 가스불로 요리하는 일이 무척 위험해진 적이 있습니다. 만일 부주의로 화재라도 난다면 바로 옆에 있는 우리 병원에까지 불이 번집니다. 죄송한 생각이 들었지만 어머니의 요리를 금지할 수밖에 없었습니다. 말로만 해서는 소용이 없었기에 매일 아침 몰래 가스 밸브를 잠그고 출근할 정도였습니다.

하루는 밸브 잠그는 걸 깜빡하고 출근한 적이 있었습니다. 저녁에 집에 와 보니 부엌 식탁에 가지조림이 담긴 그릇이 살포시 놓여 있더군요. 어머니가 하신 일이었습니다. 저는 모른 척하고 얼른 반찬을 만들어 식탁에 놓았습니다. 가지조림에도 손이 갔지만 맛있다는 말을 하지 않으려고 꾹 참았죠. 칭찬을 하면 어머니는 또 요리를 하려고 하실 테니까요. 하지만 이제 요리는 어머니에게 위험한 일일 뿐이었습니다. 전 독한 마음으로 가지조림에 대해 한마디 말도 없이 식사를 마쳤습니다.

그때 어머니는 몸을 웅크리고 제 눈치를 살피고 계셨습니다. 뭐라 형언할 수 없는 표정이었습니다. 조심스러우면서도 '딸에게 맛있는 걸 만들어 줬다'고 자랑이라고 하고 싶은, 흡족한 표정이셨죠. 어머니가 저에게 손수 요리를 만들어 주신 건 그때가 마지막이었습니다. 무슨 일이 생길까 봐 제가 남동생에게 어머니를 보살펴 달라고 부탁했기 때문입니다. 머지않아 어머니는 세상을 뜨셨습니다. 어머니에게는 저에게 헌신하는 것이 살아가는 목적이자 보람이었던 듯합니다.

그렇다면 저는 누구에게 헌신하며 살아갈까요? 결혼해서 가정이 있는 것도 아니니 병원 직원들과 환자들이 떠오릅니다. 꼭 가족이나 친척이 아니더라도 '이 사람에게 헌신하자'는 생각이 드는 존재를 몇 명 확보해 두는 일이 중요합니다. 아무리 물질적으로 풍요로워도 누구에게도 도움이 되지 않는 삶은 외로운 법이니까요.

도움이라고 해서 꼭 거창할 필요는 없습니다. 불교에 '화안시和顏施'라는 말이 있습니다. 다정한 얼굴로 상대를 대함으로써 베푼다는 가르침이죠. 상대의 마음을 단 1밀리미터만 흔들어도 그것은 어엿한 베풂입니다.

나이 든 부모님에게 가장 좋은 베풂을 생각해 봅시다. 생활 습관이나 환경이 저마다 다르기 때문에 단정 짓기 힘든 부분은 있습니다. 그러나 중요한 건 '할 수 있는 일은 본인이 하게 하기'와 '일거리 빼앗지 않기'입니다. 또 부모님이 무언가 도움을 줬을 때는 "아, 우리 아빠(엄마) 없으면 어쩔 뻔했어? 고마워요!" 하고 감사의 마음을 분명하게 전하세요. 부모님에게 그 이상의 위안은 없을 테니까요.

따뜻한 말 외에는
금물

타인을 배려하는 따뜻한 말을 하면 행복이 찾아옵니다.
먼저 따뜻한 말을 건넬 수 있는 사람이 되도록 합시다.

나이가 들수록 지나치게 겉모습에만 신경 써서는 안 됩니다. 물론 평소 단정하고 체형에 맞는 스타일을 찾아 패션을 즐기는 건 나이와 상관없이 중요합니다. 하지만 그것으로 그친다면 평생 미숙한 사람으로 남습니다. 좀 더 마음의 아름다움을 추구하며 살아가면 어떨까요? 마음의 아름다움이 무엇인지 궁금한 사람도 많을 듯합니다. 저는 타인에게 따뜻한 말을 건네는 사람이야말로 마음이 아름다운 사람이라고 생각합니다.

실제 있었던 이야기를 하나 들려드리겠습니다. 초등학생 때 은사 D 선생님의 이야기입니다. 당시 선생님은 삼십대였습니다. 항상 웃는 얼굴로 온화한 분위기를 풍기던 분이셨죠. 언어의 마법이라고 해야 할까요? D 선생님이 건넨 다정다감한 말은 저의 마음을 크게 흔들었고, 그 이후로도 가시지 않는 따스함으로 남아 있습니다.

오랜 세월이 흘러 동창회가 처음 열렸을 때 D 선생님이 참석하신다는 소식을 듣고 제 마음은 마구 요동쳤습니다. 선생님이 벌써 아흔이 되셨다는 말에 솔직히 만나기가 두렵기도 했습니다. 제 뇌리에는 젊은 교사 시절의 아름다운 모습만 있었거든요. '친절하고 아름다웠던 선생님이 허리가 구부정한 할머니가 돼 있으면 어쩌지?' 하는 불안감이 마음속에 어른거렸습니다. 그런데 실제로 만난 선생님은 명주 기모노를 곱게 차려입은, 아름다운 여신 같은 모습이었습니다. 선생님과 재회했을 때 전 너무 감격한 나머지 선생님을 와락 끌어안고 말았습니다. D 선생님은 찬찬히 말씀하셨습니다.

"어머, 이렇게 많이 컸구나."

선생님의 눈에는 제가 아직 어린아이 같은 모습이었나 봅니다. 그때 전 이미 칠십대였는데 말이죠. 선생님은 제 이야기에 조용히 귀를 기울이셨습니다. 전 세상을 뜨신 어머니의 이야기를 꺼내지 않고는 견딜 수 없었습니다.

"저희 어머니는 거의 병치레 한 번 안 하시고 아흔여섯에 돌아가셨어요. 돌아가시기 직전까지 저를 챙겨 주셨죠. 참 감사한 일이었지만 다 늙은 딸을 어쩌나 어린애 취급을 하시던지……."

선생님은 천천히 고개를 끄덕이며 미소 지으셨습니다.

"정말 효녀였구나. 어머니는 딸을 위해 사는 보람이 있어 건강하게 장수하셨던 거야."

이 말은 지금까지도 괴롭고 힘들 때 엄청난 위로가 됩니다. 60년이라는 세월을 뛰어넘어 D 선생님은 저에게 마르지 않는 은혜를 베풀어 주셨습니다. 저 또한 그런 따뜻한 말을 상대에게 건넬 수 있는 사람이 되고 싶습니다. 오늘도 조용히 그렇게 기도해 봅니다.

나이 들어 가는 방식을 가꾸자

정년과 퇴직이 닥치면 살을 에듯 고통스럽습니다.
어쩔 수 없이 은퇴를 했다 해도
그 사람 나름의 방법으로 살아가는 모습을 가꿀 수 있습니다.

저는 2남 4녀 중 차녀로 태어났습니다. 6남매 중 위에서 세 번째죠. 남동생 유키오에 대한 이야기를 하려고 합니다. 유키오는 하타노 병원에서 25년간이나 저와 함께 일했습니다. 시간이 흘러 예순다섯에 은퇴할 때까지 사무장으로 근무했습니다. 원래는 농림수산성의 관료였는데, 제 부탁으로 퇴직한 뒤 당시 작은 규모였던 하타노 병원을 돕기 시작했죠.

유키오는 타고난 실무 능력으로 병원의 기초를 다지고 조직을 갖추는 데 온 힘을 쏟았습니다. 사회에서는 똑똑하고 성실한 동생으로 보였을 테지요. 하기야 고위 공무원이 될 정도였으니 인재라고 할 수 있습니다. 그러나 전혀 다른 차원에서 전 동생의 나이 들어 가는 방식이 존경스럽습니다. 바로 은퇴 후 살아가는 모습 때문입니다.

유키오는 예순다섯에 눈 건강이 나빠져 후임에게 사무장 자리를 넘겨줬습니다. 그리고 망막박리와 백내장 수술을 받고 시력을 회복했습니다. 눈에 문제만 없었다면 현장에서 좀 더 오래 일하고 싶었는지도 모릅니다. 안질환

163

을 이겨낸 동생은 그 뒤 시市에서 운영하는 자전거 보관소에서 자전거를 정리했습니다. 하루는 유키오가 이런 이야기를 들려줬습니다.

"처음 일을 시작했을 땐 보관소에 오는 어린 학생들에게 인사를 해도 아무도 대꾸를 안 하지 뭐야. '안녕', '조심해라' 하고 말을 걸어도 멍하니 있기만 하고. 그런데 몇 주가 지나니까 학생들이 먼저 밝게 인사를 하는 거야. 그런 변화가 어찌나 기쁘던지."

이 이야기를 하며 웃는 유키오의 얼굴에 자신감이 가득했습니다. 얼마 정도의 급여도 받는 듯했습니다. 다른 사람들의 눈에는 그저 사소한 행복일지도 모릅니다. 하지만 저에게 유키오의 존재는 큰 기쁨이자 자극제입니다. 소통을 중시하는 유키오의 자세에는 그의 인품이 고스란히 드러나기 때문입니다. 친동생이지만 이런 태도는 참으로 기분 좋은 자극을 주죠. 상대방의 대답이 없어도 꿋꿋하게 계속 말을 건넵니다. 보답을 기대하지 않고 오로지 누군가의 행복을 간절히 바랍니다. 좀 과장되게 들릴지도 모

르겠지만 이런 자세로 살아가는 것이야말로 인간으로서
참된 행복을 맛보는 길입니다.

봉사하는 기쁨을
누려라

물질적 풍요로움은 행복의 하나입니다.
하루하루 즐겁게 보내는 것 또한 둘도 없는 행복이죠.
그러나 '누군가에게 도움이 된다'고
실감하는 것이야말로 최고의 행복입니다.

제가 이십대에 중국 칭다오에서 생활할 때 현지인들의 따뜻한 대우로 불편함 없이 지낼 수 있었습니다. 그리고 시미즈 목사를 만난 뒤 지금까지 제가 얼마나 복 받은 환경에서 살아왔는지를 깨달았습니다. 같은 세상에 있어도 큰 고통을 안고 살아가는 사람들이 많다는 현실을 직시하게 된 것이죠. 그리고 사회에 공헌하려면 더 고통스러운 사람들을 위해 힘쓰는 것이 옳다는 생각을 했습니다.

이 깨달음은 저에게 있어서 '회개'였습니다. 회개란 신에게로 마음을 돌린다는 뜻입니다. 제가 좋아하는 성경 구절을 하나 소개하겠습니다. 바로 '탕자의 비유'입니다. 《신약성경》 중 루카복음서에 등장하는 일화로, 네덜란드 화가 렘브란트의 명화로도 남아 있는 아주 유명한 이야기입니다.

두 아들이 있었습니다. 어느 날 작은아들이 "아버지, 제가 받을 몫의 재산을 주셨으면 합니다" 하고 말했습니다. 아버지는 그 말대로 재산을 나눠 주었습니다. 작은아들은 그 돈을 가지고 먼 곳으로 떠나 방탕하게 살다가 순식간에 재산을 탕진하고 말았습니다. 그러자 돈이 많을 때는 그를 따르던 사람들이 자취를 감추고 말았죠. 마침 그때 기근이 닥쳐 먹을 것이 부족했던 작은아들은 돼지치기로 일하게 되었습니다. 하지만 배고픈 생활은 계속됐고 급기야 이런 생각까지 하게 됐습니다. '돼지에게 주는 열매 꼬투리라도 실컷 먹었으면…….'

이 뒷이야기는 성경을 그대로 인용해 보겠습니다.

그제야 제정신이 든 그는 이렇게 말하였다. "내 아버지의 그 많은 품팔이꾼들은 먹을 것이 남아도는데, 난 여기에서 굶어 죽는구나. 일어나 아버지께 가서 말씀드려야지. 아버지, 제가 하늘과 아버지께 죄를 지었습니다. 저는 아버지의 아들이라고 불릴 자격이 없습니다. 저를 아버지의 품팔이꾼 가운데 하나로 삼아 주십시오." 그리하여 그는 일어나 아버지에게로 갔다. 그가 아직도 멀리 떨어져 있을 때에 아버지가 그를 보고 가엾은 마음이 들었다. 그리고 달려가 아들의 목을 껴안고 입을 맞추었다.

아들이 아버지에게 말하였다. "아버지, 제가 하늘과 아버지께 죄를 지었습니다. 저는 아버지의 아들이라고 불릴 자격이 없습니다." 그러나 아버지는 종들에게 일렀다. "어서 가장 좋은 옷을 가져다 입히고 손에 반지를 끼우고 발에 신발을 신겨 주어라. 그리고 살진 송아지를 끌어다가 잡아라. 먹고 즐기자. 나의 이 아들은 죽었다가 다시 살아났고 내가 잃었다가 도로 찾았다." 그리하여 그들은 즐거운 잔치를 벌이기 시작하였다.

— 루카복음서 15장 17~24절

이 탕자의 비유 이야기는 수많은 해석이 존재합니다. 방탕한 아들의 삶을 보고 이기적이라고 비판하는 견해도 있죠. 그러나 이 아들이 회개를 거쳐 품팔이꾼의 하나로 삼아 달라고 고개 숙이는 부분은 감동적인 장면입니다. 저는 이 성경 구절을 지금도 곧잘 마음속으로 되새깁니다. 이러한 심정으로 성실하게 살아간다면 후회는 남지 않을 것입니다.

말로 표현하지 않으면
마음은 전해지지 않는다

아무리 사랑하는 마음도 말이나 행동으로
표현하지 않으면 상대에게 잘 전달되지 않습니다.
구체적인 행동으로 애정을 표현한다면
인간관계는 한층 더 풍요로워집니다.

자신의 분야에서 뛰어난 활약을 하고 있는 O 씨가 상담을 하러 왔습니다. 명문 남자고등학교에 다니는 아들이 본드를 흡입하는 모습을 발견하고는 깜짝 놀라 저에게 달려온 겁니다. O 씨는 아들에 대한 자세한 이야기를 들려줬습니다. 아들은 고등학교에 들어간 뒤 "사실 남녀공학 학교에 가고 싶었다"며 아버지와 대립하게 됐습니다.

"나쁜 짓을 하기 시작하더니 공부에는 손도 안 대고, 집에서는 쿵작쿵작 시끄러운 음악을 어찌나 크게 틀어 대는지 감당이 안 돼요."

더는 견디기 힘들었던 O 씨가 "그렇게 남고가 싫으면 당장 때려치워!" 하며 버럭 화를 냈고, 아들은 그 뒤로 학교에 가지 않았습니다. 그러자 O 씨는 이 문제로 아내까지 타박하며 몰아세웠고 앞으로 어찌해야 좋을지 망연자실한 상태였죠.

저는 지금까지 이러한 사춘기 아이들에 관한 상담을 많이 해 왔습니다. 상담을 통해 알게 된 공통점은 '젊은 사람의 문제는 해결이 쉽지 않다'는 점입니다. O 씨 부자의 사례도 솔직히 속수무책에 가깝다고 느꼈습니다. 하지만 O 씨는 아들을 진심으로 사랑했습니다. 거기에 돌파구가 있다고 본 전 이렇게 제안했습니다.

"아들이 좋아하는 음악이 요란하게 들리시겠지만 수행이라고 생각하고 한번 같이 들어 보시면 어떨까요?"

"아들이 학교에 가지 않는다고 하니 아버지가 시간을 내서 함께 맛있는 걸 먹으러 가는 건 어떠세요?"

"가끔 아들과 함께 놀러 나가면 어떨까요?"

O 씨는 한번 해 보겠다는 말을 남기고 진료실을 떠났습니다. 그리고 몇 개월 뒤, O 씨의 아들이 다시 학교에 다니기 시작했다는 연락을 받았습니다.

가족을 아끼는 마음은 누구나 가지고 있습니다. 가족을 돕거나 기쁘게 해 주고 싶은 건 인간으로서 본능에 가까운 감정이죠. 그 동기는 선하고 아름답습니다. 하지만 마음속으로만 가족을 아낀다면 진심을 전하기 어렵습니다 (세상을 뜬 경우는 제외하겠습니다).

물론 이 이야기는 가족 사이로 국한되지 않습니다. 소

중한 사람이 살아 있는 동안 애정을 전할 수 있다면 이는
분명 사랑에 충실한 삶입니다. 사소한 일이라도 좋으니
말과 행동으로 표현하는 습관을 들이세요.

갑작스러운 전화가
작별 인사일 수 있다

"갑자기 걸려온 전화가 그 사람과 나눈 마지막 인사였어요."
살다 보면 이런 일을 심심찮게 겪게 됩니다.
그러니 예상치 못한 말일수록 그냥 흘려들어서는 안 됩니다.

살다 보면 후회막심한 일이 갑자기 닥칩니다. 만일 그 일이 스스로 매듭지을 수 있는 문제라면 '그때는 어쩔 수 없었어'라고 가볍게 넘길 수 있지만, 타인이 얽힌 일이라면 회한의 감정이 두고두고 가시지 않습니다. 돌이킬 수 없는 일을 두고 끙끙댄들 무슨 소용일까 싶지만 그것이 사람의 마음입니다. 이런 고민을 안고 있는 사람들이 조금이나마 줄었으면 하는 바람으로 제 경험담을 털어놓고자 합니다.

제가 가장 후회하고 있는 일 중 하나인 여성 환자 S 씨의 이야기입니다. 평소 환자에게 갑자기 연락이 오는 경우가 종종 있는데, 하루는 S 씨에게 전화가 왔습니다. 진료가 끝난 저녁 무렵이었죠. 전화기 너머의 S 씨는 평소와 다름없는 말투로 이렇게 말했습니다.

"선생님, 지금 나고야에 와 있어요. 어떻게 해야 할지 모르겠어요."

"무슨 일 있어요? 어디서 전화하는 거예요?"

"지금 호텔에 있어요."

"아무튼 어서 집으로 가세요. 지금 당장이요."

그 뒤 S 씨는 바로 전화를 끊었습니다. 갑작스러운 전화에 무슨 일인가 싶었지만 '뭐 괜찮을 거야. 병원에 한 번 오겠지' 하고 대수롭지 않게 생각하며 진료실을 정리했습니다. 그리고 얼마 안 있어 S 씨가 호텔 4층에서 투신했다는 사실을 알게 됐습니다. S 씨는 심하게 다쳤지만 다행히 목숨에는 지장이 없었습니다.

이 일로 전 환자의 연락을 대하는 게 얼마나 중요한지 신중하게 생각하게 됐습니다. 그 전화를 받았을 때 왜 적절하게 대응하거나 설득하지 못했을까요? 이 부끄럽고 창피한 감정은 몇 년 동안 사라지지 않았습니다. 결국 자원봉사로 '생명의 전화'라는 핫라인 서비스 전문상담원 업무를 하게 됐죠. 훌륭한 일을 한다고 생각할지도 모르겠습니다. 하지만 그 일은 S 씨에게 아무 도움도 줄 수 없었던 저의 속죄였습니다.

이처럼 저는 미숙한 사람이지만 여러분에게 한 가지 당부하고 싶은 것이 있습니다. 주위 사람이 갑자기 말을 걸거나 전화했을 때, 절대 가벼이 여기지 마세요.

　우리는 홀로 태어나 홀로 죽는 존재입니다. 하지만 살면서 문득 외로워지면 아는 사람의 목소리를 듣고 싶어질 때가 있습니다. '인생은 단 한 번뿐인 인연'이라고 하면 다소 막연하게 들릴지도 모르지만, 누군가가 말을 걸면 성실하고 진지하게 대답해 주세요. 그렇게 하면 후회할 일이 훨씬 적어집니다.

이 책을 끝까지 읽어준 독자들에게 감사하다는 인사를 전하고 싶습니다.

자, 이제 여러분도 자신만의 균형을 찾았나요? 단 한 번이라도 '이 정도면 될 것 같아'라고 생각했다면, 단 1밀리미터라도 더 나은 방향으로 균형을 찾아간다면 저에게 그이상의 기쁨은 없습니다.

너무 아등바등 살지 않아도 됩니다.

하지만 자신에게 지나치게 관대해지지 마세요.

너무 참으면서 살지 않아도 됩니다.

하지만 남에게 지나치게 의지하지 마세요.

이러한 균형을 찾아내는 분별력이야말로 어른이라면 반드시 갖춰야 할 능력입니다. 마음의 균형을 찾아갈 때는 재미있게 놀이하듯, 마치 게임을 즐기는 듯한 감각이면 충분합니다. 그러한 자세가 인생을 더 풍요롭고 깊이 있게 변화시켜 줍니다.

100년을 살아오면서 균형이 얼마나 중요한지를 느낍니다. 삶이란 바로 이 균형을 찾아가는 과정입니다.

부디 자신에게 적절한 균형을 발견하기 바랍니다.

옮긴이 정미애

한양대학교 문화인류학과를 졸업했다. 애니메이션 제작사에서 근무하다가 우연히 번역
의 매력에 푹 빠진 뒤 현재 바른번역에서 일본어 전문 번역가로 활동하고 있다. 《상처받
는 것도 습관이다》《20년 젊어지는 우엉차 건강법》《듣는 힘》《장기의 시간을 늦춰라》
《처음 시작하는 철학 공부》 등 다수의 작품을 번역했다.

백 살에는 되려나 균형 잡힌 마음

초판 1쇄 발행	2018년 10월 15일
초판 2쇄 발행	2018년 10월 30일

지은이	다카하시 사치에
옮긴이	정미애
책임편집	나희영 이나연
디자인	고영선

펴낸곳	바다출판사
발행인	김인호
주소	서울시 마포구 어울마당로5길 17 5층(서교동)
전화	322-3675(편집), 322-3575(마케팅)
팩스	322-3858
E-mail	badabooks@daum.net
홈페이지	www.badabooks.co.kr
출판등록일	1996년 5월 8일
등록번호	제10-1288호

ISBN	978-89-5561-070-3 03810